## PHILIPPE BESSON

Philippe Besson est né le 29 janvier 1967 à Barbezieux, en Charente. Bouleversé par les lectures de *Paroles de Poilus* et de *Douze lettres au soldat inconnu*, il se lance en 1999 dans l'écriture de son premier roman, *En l'absence des hommes*. Quand celui-ci paraît en 2001, salué par la critique, il reçoit le prix Emmanuel-Roblès, décerné par l'académie Goncourt. Depuis, Philippe Besson a publié *Son frère*, *L'arrière-saison* (roman inspiré d'un tableau d'Edward Hopper et couronné par le Grand Prix RTL-Lire), et plus récemment, *Un garçon d'Italie*. En janvier 2002, Patrice Chéreau le contacte en vue d'une adaptation cinématographique de *Son frère*, récompensé un an plus tard par l'Ours d'Argent au Festival de Berlin.
Les romans de Philippe Besson sont traduits en allemand, anglais, grec, italien, japonais néerlandais, polonais et portugais.

# SON FRÈRE

DU MÊME AUTEUR
CHEZ *POCKET*

EN L'ABSENCE DES HOMMES

PHILIPPE BESSON

# SON FRÈRE

Éditions Julliard

ISBN 2-266-12294-0

*Pour Olivier*

*Tandis que j'étais dans le froid*
*des approches de la mort,*
*je regardai comme pour la dernière fois*
*les êtres, profondément.*

HENRI MICHAUX
*Épreuves, exorcismes*

*Le 31 juillet,*

Thomas meurt.

Thomas accepte de mourir. C'est ici, dans la maison de Saint-Clément, la maison de l'enfance, qu'il choisit d'attendre de mourir. Je suis auprès de lui. C'est encore l'été. J'ignorais qu'on pouvait mourir en été.

Je croyais que la mort survenait toujours en hiver, qu'il lui fallait le froid, la grisaille, une sorte de désolation, que c'est seulement ainsi qu'elle pouvait se sentir sur son terrain. Je découvre qu'elle peut tout aussi bien exercer sa besogne en plein soleil, en pleine lumière. Je songe que Thomas l'accueillera en pleine lumière.

Je croyais que cela commencerait par un engourdissement des membres, une contraction et qu'il y aurait soudain une urgence, une précipitation, une violence. Mais non : c'est la nonchalance, une sorte de vacance, une lenteur, un renoncement dans la chaleur. Une chaleur jaune et vibrante.

Cette mort prévisible, attendue, causera pourtant, à n'en pas douter, un cataclysme. Elle rejaillira sur nos existences à tous. Elle les modifiera, leur fera prendre une direction imprévue. Elle opérera un dérèglement de nos vies, sans qu'aucun d'entre nous ne parvienne à s'y opposer. Cette mort sera le plus grand événement. L'onde de sa douleur se propagera pendant des années. Nous serons hantés, dévastés.

Mon frère meurt.

Saint-Clément-des-Baleines, c'est la dernière ville, celle qui se loge à la pointe ouest de l'île de Ré, à son extrémité, celle qui regarde le plus vers les Amériques. Après ça, il n'y a plus rien, ce n'est plus l'île, ce n'est plus la terre, c'est l'océan à perte de vue, c'est l'Atlantique infiniment. La lumière du phare montre la direction.

Saint-Clément, c'est la terminaison d'un monde, comme l'était dans mon imaginaire enfantin le cap Horn. C'est le point au-delà duquel les eaux prennent le dessus, à partir duquel les hommes doivent déposer les armes. On raconte que des bateaux se sont perdus dans les eaux mauvaises, au large, malgré le phare, que des marins se sont noyés, que leurs cadavres ont été charriés par les marées, ramenés par elles à la terre ferme. On raconte des histoires extraordinaires.

Ici, on peut facilement éprouver une manière d'abandon, comme si on était le dernier homme, et comme s'il suffisait de se laisser aller désormais, de n'avoir plus aucune prise sur rien. Ce sentiment, c'est autant celui du relâchement que celui de l'offrande, autant celui de la solitude imposée que celui de l'exil choisi.

Le regard se perd, loin. Je sais que derrière moi, il y a les chemins, les pins, les marais, les églises, les cimetières. Mais devant : rien, rien que l'océan. Tout. L'enfance s'est jouée ici.

La maison est blanche, d'une blancheur presque insoutenable certains après-midi, qui oblige à détourner les yeux, les murs sont recouverts à la chaux comme la tradition l'exige dans l'île, et ses volets sont verts. C'est une maison simple comme le sont souvent les maisons d'été, recherchant davantage la fonctionnalité que le charme. Au premier étage, ma chambre et celle de mon frère sont séparées par un couloir mais identiques. Le papier peint est bleu, sans doute parce que nous sommes des garçons. Des poutres épousent l'inclinaison de la mansarde. Les fenêtres s'ouvrent entre les poutres, éclairent en la brisant la mansarde. Le mobilier est sommaire. On devine que l'endroit est de passage. Comment aurions-nous pu savoir que Thomas viendrait mourir dans cet endroit ?

De nos chambres, on voit la mer. Le bleu de la mer dans le prolongement du regard.

Mais d'abord, c'est le jardin, quelques arbres que je ne sais toujours pas nommer après toutes ces années et quelques bosquets, une table et des chaises en fer-blanc rouillé, des fleurs plantées par ma mère et entretenues par une voisine pendant la morte-saison qui en dure trois du reste (l'autre saison étant la vivante, à n'en pas douter), un jardin aux dimensions gigantesques quand j'avais cinq ans et dont les proportions se sont réduites à mesure que j'ai grandi jusqu'à devenir réellement ce qu'elles sont, un jardin qui sent bon et qui descend vers la plage, dans une pente douce. De la maison, on distingue à peine le banc de sable, le galbe d'une dune sur la gauche, si bien que le jardin paraît s'en aller mourir directement dans la mer. Le vert s'en va se fondre dans le bleu. Derrière la fenêtre, c'est ce vert et ce bleu mélangés que je retrouve, c'est cet éclat ardent des couleurs qui me semble à moi comme une délicatesse, une douceur.

La mer, elle est une borne et, dans le même temps, elle est la négation de toute borne, elle est un horizon et pourtant la vue se perd à chercher sa frontière, elle est un repère et elle est partout. La mer, elle est partout. Lorsque je pense aux années d'avant, c'est d'elle dont je me souviens en premier, elle m'encercle, elle me hante, elle me rassure, elle ne me lasse jamais, elle est celle qui m'accompagne. C'est la mer que j'ai passé le plus de temps à contempler. Je crois que je la contemple encore quand elle n'est pas là. Il faut être saisi de cette merveilleuse obsession de la mer pour comprendre ce que je raconte. C'est autre chose que les histoires que rapportent les marins ou les insulaires. Eux vivent avec la mer, de la mer et finissent par ne plus la voir tant ils l'ont assimilée, ingérée. Ils ont cet amour qui ne s'exprime pas, qui relève de l'évidence absolue, qui devient une forme de détachement. Pour moi, il ne s'agit pas de cela, non. Le plus souvent, je vis sans la mer, je vis loin d'elle, elle ne m'est redonnée qu'aux beaux jours, resplendissant sous le soleil et elle demeure pour moi un accident, un événement magnifique, une donnée extraordinaire à laquelle je ne m'habitue pas. Elle est un éblouissement toujours recommencé.

*Le 7 mars,*

Au bout du fil, j'entends la voix de Thomas. Au décroché du combiné, tout d'abord, je ne suis pas tout à fait certain de reconnaître cette voix : c'est comme si elle était voilée par une sorte de mélancolie ou par un éveil récent. Et puis, très vite, tout revient. Même déformée, je la reconnais. C'est la voix de l'enfance, que les années, la mue ont à peine modifiée pour moi. C'est la voix de toujours, celle qui résonnait sous les préaux des écoles, dans le noir de la chambre ou sur les plages de l'été. C'est une voix adolescente quand elle tente de surmonter les rires, une voix lente quand elle veut signifier la gravité. Ce matin, au bout du fil, la voix est lente.

Thomas dit que les résultats ne sont pas bons. J'ignore à quels résultats il fait allusion. « Ceux d'une prise de sang que j'ai faite pour un check-up de routine. » Le taux de plaquettes sanguines est bas, très bas, anormalement bas. Je ne comprends pas ce que cela peut signifier. « Le médecin prétend que je cours *un risque hémorragique permanent*. C'est l'expression qu'il a employée. » Je pressens que c'est grave. « Cela peut l'être. »

D'abord, Thomas évoque une sanction, une punition, un rappel à l'ordre et je ne comprends pas du tout de quoi il parle. Je retiens ces mots : « un châtiment ». Puis il insiste sur la voix traînante et sans affect d'un vieil homme au laboratoire d'analyses médicales, son calme épuisé qui pourrait rendre fou. Il dit que le regard du médecin, plus tard, était froid, que ce regard cherchait à l'intérieur de lui, traquait la faute commise. Il se souvient d'un visage impassible, pas même compatissant, et d'une phrase jetée sur un ton placide : « La thrombopénie dont vous êtes atteint pourrait être la manifestation d'une séropositivité. » Il n'a rien répondu, pas posé de questions. Une jeune femme croisée dans la salle d'attente alors qu'il sortait du rendez-vous lui a demandé s'il allait bien, lui a fait remarquer sa pâleur. Il croit qu'il ne lui a pas répondu non plus. C'est seulement quand il s'est retrouvé dans la rue qu'une peur panique s'est emparée de lui. Il emploie cette expression : « peur panique ». Au téléphone, je demeure silencieux. Je suppose qu'il s'agit de ne pas parler, de seulement écouter, de le laisser aller au terme de son récit. J'entends sa voix de l'enfance. Je revois les préaux, la chambre, les plages. Je redoute la menace qui se précise, qui s'attaquerait à l'enfance. Il dit que sa première pensée a été pour la femme des petits matins, la femme embrassée sur le pas des portes, Claire. Qu'il a pleuré en pensant à elle, qu'il n'a pas pu s'en empêcher, que c'est venu comme ça, sans qu'il y puisse rien, que ça l'a submergé. Et, alors qu'il raconte cela, les sanglots reviennent, ils interrompent le récit. Nous sommes tous les deux dans le silence effroyable de ses larmes, au téléphone. J'essaie de me rappeler l'occasion à laquelle j'ai entendu mon frère pleurer pour la dernière fois et je n'y parviens pas. Je ne sais plus quand c'est arrivé.

Trop de temps a passé. Je n'ai conservé que les rires, les merveilleux rires adolescents, la jeunesse incroyable de son rire. À la fin, il me demande si je peux venir le rejoindre à son appartement. Il ne tient pas à être seul. Je viens. Je viens.

*Le 9 mars,*

Nous sommes dans l'attente, dans les heures interminables de l'attente. Après un nouvel examen sanguin, plus approfondi, nous attendons qu'un verdict soit rendu, qu'il soit dit si Thomas est ou n'est pas séropositif. Nous sommes dans le mutisme de sa chambre, attendant qu'un téléphone sonne, qu'un médecin prononce un mot sur cet affreux mutisme. Nous sommes dans l'inquiétude absolue, celle de l'ignorance, celle de la menace. Cette inquiétude est oppressante, presque pas supportable, suffocante. On voudrait crier, se jeter par les fenêtres. J'observe Thomas, j'observe son visage, pur peut-être pour la dernière fois, j'observe ses mains agitées d'un discret tremblement. Je songe que j'ai toujours envié ses mains, ses longues mains blanches et osseuses. Je songe qu'à la maison, au temps de l'adolescence, c'était lui, le musicien, lui qui faisait sortir du piano des sons si merveilleux du seul mouvement de ses mains, du simple balancement de son corps sur un tabouret recouvert de velours rouge. Je contemplais ce corps face au piano, sa raideur sensuelle, le port altier, la nuque bien droite. J'aurais voulu que ce corps fût le mien. Aujourd'hui, il paraît déjà comme entamé. Le corps attend le verdict.

À l'heure dite, le téléphone sonne. Thomas refuse de parler au médecin : il me demande de décrocher. Je tente de lui faire changer d'avis, mais en vain. Ma tentative dure si longtemps que je crains que le médecin raccroche. Finalement, je me présente. « Lucas Andrieu, son frère. » C'est cela que je suis : son frère. Depuis plus de vingt-cinq ans, je suis son frère. Je ne me souviens plus de la seule année, la première de ma vie, où je ne l'ai pas été. Je ne me souviens pas d'avoir été autre chose que son frère. Je ne me souviens pas de la solitude de l'enfant unique. Dès avant la conscience, il a été là. Comme il est là aujourd'hui, assis sur le rebord de son lit, devant moi, attendant que l'oracle soit rendu, un peu blême, un peu fatigué. Le médecin articule les mots que nous espérons, presque tout de suite : « Votre frère n'est pas séropositif. » Je laisse échapper un souffle de soulagement. Thomas devine ce qui vient d'être dit. Sur son visage, se dessine un sourire qui s'efface presque aussitôt, dès que la gravité revient sur mon propre visage. Le médecin souhaite revoir Thomas au plus vite. Il rappelle *le risque hémorragique permanent*. Il dit : « Votre frère n'est pas tiré d'affaire pour autant. Nous avons écarté une hypothèse. Il en reste beaucoup d'autres. Et dans tous les cas, la maladie est là, et bien là. » Sur le visage de Thomas, la trace du soulagement a tout à fait disparu.

*Le 3 août,*

J'ai marché pour la première fois de ma vie dans la maison de Saint-Clément. C'est ce que mes parents m'ont rapporté. Sur des photographies aux couleurs incertaines, je vois en effet un bébé qui se tient debout et je reconnais le carrelage de la cuisine : c'est bien celui de la maison des vacances, qui n'a pas été changé, tant il est vrai qu'on n'effectue presque jamais de travaux dans ces maisons-là. Le bébé, je ne le reconnais pas, je ne sais pas qui il est. J'accepte l'affirmation selon laquelle il s'agit de moi. Pourtant, je contemple quelqu'un dont je n'ai aucun souvenir, dont le visage joufflu n'annonce pas la maigreur d'aujourd'hui, dont les yeux clairs démentent le noir du regard d'aujourd'hui, dont les boucles presque blondes ne s'accordent nullement avec les cheveux courts et bruns d'aujourd'hui. J'accepte la vérité de cette photographie parce qu'il n'est pas en mon pouvoir de la contester mais cet enfant est tout de même pour moi un parfait étranger.

Au moment des premiers pas, Thomas n'était pas là. Thomas ne pouvait pas figurer sur la photographie.

Thomas n'était pas né. Je suis l'aîné. Je suis Lucas, l'aîné des Andrieu. Je suis né le 29 juillet 1972. J'ai failli ne pas être l'aîné. Il y en a eu un autre avant moi, un qui a poussé dans le ventre de ma mère, mais qui n'a pas vu le jour.

Ma mère ne raconte jamais cette histoire. Alors d'autres s'en chargent pour elle. Ils disent que l'enfant aurait été un garçon, qu'il se serait appelé Clément, à cause de l'île, que si ce prénom ne m'a pas été donné, c'est autant pour éloigner la malédiction que parce que ce prénom était dans l'esprit de ma mère celui d'un autre et ne pouvait donc m'appartenir. La fausse couche s'est produite tardivement dans la grossesse, presque au cinquième mois. Ma mère avait eu le temps de s'habituer à l'enfant, de l'imaginer. Elle a ressenti sa perte comme un décès, une disparition. Elle en a été ébranlée au-delà de ce qu'elle reconnaîtra jamais. Ma naissance n'a pas effacé ce drame initial. Rien ne l'effacera. Pour tous, je suis l'aîné, sauf pour ma mère qui me considère encore, sans me l'avouer, comme le frère cadet de Clément. Ma mère porte en elle l'enfant mort, l'enfant non survenu. Elle porte un deuil qui ne cessera pas.

Thomas est venu au monde le 19 octobre 1973. À ce moment-là, j'avais presque quinze mois. J'avais déjà marché dans la maison de l'été. Je ne me rappelle pas son arrivée. Chaque effort de mémoire est irrésistiblement voué à l'échec. Je ne saurais dire avec précision ce qui constitue le premier souvenir mais, en tout cas, il ne s'agit pas de la naissance de Thomas. Mes parents prétendent que j'ai éclaté en sanglots en l'apercevant la première fois, et je suis tout disposé à les croire. Je ne suis pas certain, pour autant, que cette crise de larmes avait nécessairement à voir avec l'arrivée d'un frère cadet. Je crois plutôt qu'il s'est agi pour moi d'un non-événement. Ce n'est que plus tard que Thomas a commencé à prendre de la place dans mon existence. Le 19 octobre 1973, il n'était encore rien.

Aujourd'hui, il est la totalité du monde.

*Le 10 mars,*

L'annonce aux parents est davantage qu'une épreuve. Notre mère est folle d'inquiétude. Notre père cherche, mais en vain, à conserver la raison. Ils plongent en enfer. Ils songent : nous allons perdre notre fils. Ce spectacle nous est offert : leur affaissement, comme si le sol se dérobait sous leurs pieds, comme s'ils flanchaient, comme s'ils perdaient l'équilibre. Il y a le vacillement de leurs carcasses vieillissantes, le battement incontrôlé des paupières, le frottement des mains devenues moites, un frémissement à la surface de la peau, le rythme saccadé des phrases. Je contemple ce spectacle avec effroi, avec pitié. J'observe Thomas, je le vois face à nos parents, le buste droit comme s'il confessait une faute, la voix ondulante comme s'il cherchait à se la faire pardonner, le regard tourné vers le sol comme si le pardon n'était pas possible, Thomas finalement vaincu, s'excusant par avance du mal qu'il devra lui-même subir. Je préférerais qu'on lui témoigne un peu de compassion, qu'on profère des encouragements, même maladroits, même mensongers, plutôt que ce spectacle pitoyable de gens considérant simplement leur propre chagrin, leur propre douleur à venir. Je ne dis rien. J'oscille entre l'accablement et le dégoût.

Je me souviens d'autres aveux, les miens, dans d'autres circonstances. Faisaient-ils une autre tête que celle-ci, cette tête d'enterrement ? Pourtant, personne n'était mort. Aujourd'hui non plus, personne n'est mort. Non, personne n'est mort.

*Le 11 mars,*

C'est le tour de Claire. Claire, lumineuse et douloureuse, « la belle Claire aux yeux clairs », qui reçoit la nouvelle comme une gifle, qui ferait se détourner le visage, qui la fait éclater en sanglots, qui la laisse désemparée, abasourdie. Elle regarde Thomas, de ses beaux yeux vert d'eau. Les yeux disent l'incompréhension, la peur, le chagrin. Les yeux disent tout. On aimerait s'emparer d'elle, de ce corps de jeune fille, l'étreindre, l'étreindre encore, le serrer très fort contre soi, jusqu'à ce que les convulsions cessent, jusqu'à ce que la tranquillité revienne mais on ne le fait pas : on laisse la douleur s'accomplir, l'inquiétude se manifester, on comprend qu'il faut en passer par là, qu'il faut que ça sorte maintenant, tout de suite, la peine, la terreur. Et puis, il faut n'être pas dans le drame, dans la commisération, il faut avoir de la force, une sorte de dignité, de grandeur peut-être, donner aux autres le sentiment qu'il ne s'agit que de remporter une bataille, être prêt pour cette bataille, tenir bon, tenir droit. Thomas n'enlace pas Claire. Il demeure droit, devant le corps cassé. Le regard file ailleurs, devant, vers le bleu du ciel. La peau frémit. Il reprend son souffle.

*Le 12 mars,*

La grand-mère affirme que son petit-fils ne peut pas mourir avant elle, que ce n'est pas ainsi que les choses se passent.

*Le 13 mars,*

Le médecin annonce dans un silence de cathédrale le résultat de la toute dernière prise de sang. Dix-neuf mille. Dix-neuf mille plaquettes. Dix fois moins que la normale. Encore plus mauvais que le coup d'avant. Mais il paraît qu'à un certain niveau de médiocrité, quelques milliers importent peu. La différence n'aggrave pas le risque. Le risque est déjà maximal. Thomas dit : « Mon sang se vide de sa substance vitale avec une effrayante régularité et on me prie de ne pas m'en inquiéter. » Je le regarde, puis je ferme les yeux. Je ne pleure pas. Je ne pleure pas.

*Le 14 mars,*

Chaque prélèvement est plus accablant que celui qui l'a précédé. Le nombre des plaquettes continue invariablement de baisser. Si la cote d'alerte est dépassée depuis longtemps, ce mouvement continu de baisse ne manque pas d'inquiéter davantage encore. Le médecin nous informe que la prise en charge désormais s'impose, que l'hospitalisation est absolument nécessaire, qu'il serait dangereux de laisser Thomas sans surveillance médicale continue plus longtemps, que les risques sont trop grands, qu'il faut un personnel qualifié autour de lui en permanence. Il fait le constat de sa propre impuissance, de son incompétence. Dans une tentative pour nous rassurer, il indique que c'est à l'hôpital que les tests pourront être le plus efficacement menés, que c'est là qu'on sera en mesure de trouver l'explication du mal et en conséquence son remède. Mais il dit cela d'une voix monocorde et désabusée, qui rend difficile de le croire vraiment. Enfin, il nous informe qu'une ambulance a été appelée, qu'elle passera chercher Thomas dans trois heures, qu'il a juste le temps de se préparer. Je regarde ma famille : je vois le teint livide, le bras troué de mon frère, le visage de ma mère, figé dans l'angoisse, la raideur de mon père. Je songe : cette famille vit la plus grande épreuve qui soit. Elle n'en sortira pas indemne.

*Le 7 août,*

La mère n'a jamais parlé. Elle n'a même jamais laissé filtrer un doute ou une fatigue, à la manière d'une persienne filtrant la lumière du dehors. Elle s'est obligée en permanence à l'exemplarité, à l'élégance, à être admirable (Il faut toutefois concéder ceci : dans sa Vendée natale où la suspicion valait condamnation, une femme était essentiellement épouse et mère et se devait d'être irréprochable). Elle a cherché – et réussi – à se maîtriser en toutes circonstances. Ceux qui l'ont regardée tout au long de ces années, ceux qui la regardent encore n'ont jamais rien soupçonné. Et peut-être est-ce parce que, précisément, il n'y avait rien à soupçonner. Peut-être en effet n'a-t-elle jamais eu les intentions que je lui prête. Pourtant, j'en suis convaincu : elle a songé à partir, le quitter. Elle a dû y songer. C'est impossible autrement. Elle a dû vouloir se couper de lui, mettre un terme à leur union, survenue si tôt dans son existence, avant même qu'elle ait pu en *profiter*, ces noces intervenues alors qu'elle était encore une toute jeune fille, même pas dix-huit ans, et lui déjà plus tout à fait un jeune homme (plus de trente ans, tout de même), et qu'*au-dehors*, ailleurs que dans cette affreuse province, il est vrai, on discourait de la « libération sexuelle ». Elle a dû souhaiter s'éloigner de cet homme, mon père, tellement différent d'elle, casanier alors qu'elle rêvait d'ailleurs, rigoureux quand elle prenait des libertés avec à peu près tout, réfléchi tandis que sa spontanéité à elle produisait autant de ravages que de merveilles, déjà désuet quand elle était si juvénile. Elle a dû vouloir partir mais elle est restée. Cela fait plus de trente ans maintenant. Les treize années qui les séparent, la perte du premier enfant dans son ventre, ou l'épreuve que doit affronter aujourd'hui le fils cadet ne sont pas venues à bout de ce mariage miraculeux. Il fallait probablement ces différences, cet écart entre eux, pour que le lien continuât d'exister.

Lorsque nous étions enfants, nous devions emprunter le bac pour nous rendre dans l'île. Je me souviens d'une expédition : nous quittions la maison très tôt le matin, encore tout ensommeillés. Notre père nous avait réveillés, nous semblait-il, au beau milieu de la nuit. Il disait préférer rouler « à la fraîche » et vouloir éviter la circulation. Et puis, plus tôt nous serions arrivés à La Pallice pour prendre le bac, et plus de chances nous aurions d'éviter les interminables files d'attente constituées par les aoûtiens. Sans doute son raisonnement se tenait-il, mais ces raisonnements ne valent rien quand on est un enfant et qu'on a sommeil. C'est dans ces moments que je ressentais avec le plus de force ce qu'on appelle savamment (mais moi, je n'étais pas savant) le dérèglement de l'horloge biologique. Il me semble me rappeler qu'il me fallait plusieurs jours pour me remettre du cataclysme de notre réveil en fanfare à des quatre ou cinq heures du matin, du noir de la cuisine, de l'odeur écœurante du pain qui grille, et de l'impatience agaçante de notre père qui nous suppliait d'abord pour finir par nous ordonner de nous presser un peu. On ne montait pas dans la voiture : on devait s'y engouffrer. Les bagages débordaient de partout. Nous étions tenus de laisser de la place pour le chien, qui ne manquerait pas de baver sur nos cuisses dès les tout premiers kilomètres. C'était le Radeau de la Méduse.

Après quelques heures de route, nous parvenions enfin à La Pallice pour découvrir que tous les papas de la terre entière avaient eu la même idée que le nôtre au même moment et qu'il nous faudrait donc attendre encore des heures avant de pouvoir espérer retrouver notre île. Les files étaient gigantesques. Nous avancions au pas et par à-coups, au rythme des embarquements que tout d'abord nous n'étions même pas en mesure de distinguer tant nous étions tenus éloignés de l'embarcadère. Mon père pestait régulièrement contre les insulaires, les « 17 » qui empruntaient une file prioritaire et retardaient donc d'autant notre futur embarquement, oubliant en cela que si lui-même avait été prioritaire, il n'aurait rien trouvé à y redire. Sans doute ma mémoire exagère-t-elle, mais il me paraît maintenant que ces heures de l'attente n'en finissaient jamais. Combien attendions-nous ? Six ? Huit heures ? Aujourd'hui, je ne saurais plus l'affirmer avec exactitude. Et sur cette apocalypse, le plus souvent, il y avait un soleil énorme. À l'époque, les voitures n'étaient pas climatisées : il nous fallait donc supporter une chaleur qui était proprement insupportable et détraquait nos fragiles constitutions. Il nous fallait éviter les gouttes qui tombaient avec une régularité exemplaire de la gueule du chien sur nos jambes nues. Il nous fallait nous décoller des sièges en Skaï, qui finissaient par nous brûler. Il nous fallait baisser la tête quand la tension montait au point que l'agacement entre nos parents devenait verbal. Nous n'avions qu'une envie : voir ce cauchemar se terminer au plus vite.

Et enfin, notre tour arrivait, après, bien sûr, une ultime vexation : notre voiture était refoulée, la première refoulée, juste au moment de l'embarquement, au motif que le bac qui allait nous filer sous le nez était complet. Nous devrions attendre vingt minutes supplémentaires et ces vingt minutes-là pesaient pour notre père le poids de plusieurs heures, le poids d'une injustice. Pour moi, c'étaient les minutes les plus agréables. J'en profitais pour descendre de la voiture et aller traîner autour des câbles, du point d'embarquement, regarder les hommes du port s'activer. J'aimais d'instinct ce monde de la mer, ces hommes qui ne vivaient qu'auprès de la mer, des bateaux. Je rêvais de marins, de navires en partance, de rafiots de fortune, de pêches qui duraient des mois sur des mers démontées et de je ne sais quoi encore. Je voulais de tout mon cœur appartenir à ce monde-là, être en compagnie de ces hommes. Je pressentais que je saurais amarrer les bateaux, répondre à des ordres qu'on gueule, avoir ce visage buriné, ces rides ensoleillées, ces vêtements usés. Les premiers rêves de mon enfance ont été des rêves de marin.

Thomas, lui, restait obstinément dans la voiture. Il ne partageait pas mon emballement. Mais, surtout, il désirait montrer à notre père sa colère devant notre stupidité, son ressentiment pour s'être tellement ennuyé dans les embouteillages, espérant que l'année prochaine nous ne commettrions pas la même erreur, et redoutant par avance qu'il ne s'agisse que d'un vœu pieux (il avait raison de redouter…). Enfin, nous embarquions. La voiture surmontait le dos-d'âne formé par le flanc du bateau qui s'était ouvert pour accueillir les véhicules. J'aimais plus que tout cette sensation : surmonter le dos-d'âne. Les vacances pouvaient commencer.

Le bac de l'île de Ré est sans doute le premier bateau qu'il m'ait été donné de prendre. Par la suite, la vie a voulu que j'en emprunte beaucoup. Je me souviens de celui pris pour me rendre à Houat, dans le Morbihan, en hiver, en compagnie d'un jeune homme fiévreux, et d'un autre qui m'amena à Bréhat aux côtés d'un autre jeune homme qui, lui, partageait mon existence, du ferry qui me permettait de rejoindre La Valette lorsque je vivais sur l'île de Malte, de celui qui conduit des grappes d'hommes d'affaires au petit matin à Hong Kong, et d'un autre qui conduit des grappes de touristes venus voir de près la statue de la Liberté sur Ellis Island (moi, je venais voir le lieu où arrivaient les immigrants, ces hommes fatigués qui se fabriquaient un nouvel espoir), du paquebot qui reliait Calais à Douvres lors de mes fréquents déplacements à Londres, avant les tunnels et les trains sous l'eau, d'une embarcation de fortune dans les bayous de Louisiane quand je nourrissais les crocodiles avec des Marshmallows, d'une barque bigarrée au milieu d'une mare infestée de touristes et d'insectes et qu'on appelle pompeusement et abusivement les jardins flottants de Xochimilco, au nord de Mexico, de celui qui relie Buenos Aires à Montevideo et qui était presque désert, un matin de septembre, d'autres encore, que j'oublie, tant il est vrai que mon premier réflexe, à peine arrivé dans un endroit, est de rechercher la mer, ou un de ses bras, ou un fleuve, un estuaire, un lac qui m'autoriseront à naviguer, à faire cette chose à jamais extraordinaire : être sur l'eau.

Et c'est là, j'en suis absolument certain, là sur le bac de l'île de Ré que cette passion s'est nouée, pour toujours. Tout de suite, je montais aux étages supérieurs, je me rendais sur le pont, à l'avant du bac, je repérais la meilleure place, je voulais être aux premières loges, je ne voulais pour rien au monde rater ce spectacle que d'abord j'avais pressenti comme fabuleux, qu'après je savais devoir être fabuleux. J'étais là, contre le vent. Je tournais le dos au continent, je me dirigeais vers mon île, j'en distinguais les contours. Mon regard passait de la mer à la terre, de l'écume à la côte. Aux embruns se mêlait une très forte odeur de pétrole. J'étais en paix avec moi-même. J'étais sur mon territoire. La traversée durait moins de vingt minutes. Nous accostions à Sablanceaux. La plage était sale et la marée plus souvent basse que haute dans mon souvenir. Les arbres étaient pliés sous le vent, d'éternité. La première fois que j'ai vu Sablanceaux (je veux dire : la première fois que ma mémoire a fixé l'arrivée à Sablanceaux), j'ai su que j'allais l'aimer. Ce jour-là, Thomas a posé sa main sur mon bras. Il a fait ce geste qu'habituellement il ne faisait pas. C'était un geste de tendresse qui tentait de dire la communauté de sentiment. C'est comme cela que j'ai compris que Thomas aimait l'île comme moi-même je l'aimais. Plus tard, il m'a avoué qu'à cet instant précis, il avait décidé que c'est là qu'il serait enterré. Étrange idée dans la tête d'un tout petit enfant, qui ne savait rien de la mort, *a fortiori* rien de la sienne, et qui a imaginé d'emblée l'île comme la terre d'un éternel repos.

Et précisément, c'est à Ré que nous nous trouvons aujourd'hui, à Ré qu'il attend la mort. Trop peu d'années se sont écoulées.

Je ne suis pas devenu marin.

*Le 15 mars,*

C'est l'hôpital, les pneus de l'ambulance qui crissent sur le gravier devant l'entrée, les portes à double battant qui s'ouvrent automatiquement, un cube de verre et d'aluminium qui tient lieu de bureau d'accueil, les murs couleur blanc cassé, le linoléum luisant, les couloirs tubuleux, les plantes vertes d'une salle d'attente où traînent des magazines vieux de plusieurs mois, les odeurs d'éther mélangées à celles des repas chauds, tous les bruits amortis, des numéros sur des portes lourdes trouées de fenêtres grillagées, des femmes sans âge vêtues de blouses blanches au revers desquelles est accroché un titre sans qu'on ait songé à l'accompagner d'un nom, un peuple de malades qui se déplace avec une infinie lenteur.

C'est la chambre d'hôpital. Autour de Thomas, revêtu d'un linceul beige, des silhouettes glissent dans un ballet sophistiqué : les infirmières préparent le lit. Quand le médecin-chef arrive, le ballet cesse, l'air devient lourd, il pèse le poids de sa science. L'homme aux tempes grisonnantes consulte le dossier qu'on lui tend, comme un trophée qu'il aurait mérité pour on ne sait quelle victoire. Une victoire sur l'ignorance des autres, ces autres que nous sommes, vraisemblablement. On ne saurait dire, en observant son air, s'il est préoccupé, las ou bien réellement indifférent, et sans doute s'agit-il d'un dosage savant de tout cela (tout est savant chez cet homme). On attend que le premier mot soit enfin prononcé (il n'a salué personne en pénétrant dans la chambre) : on est là pour recevoir la becquée. Enfin, il parle. Il pose quelques questions et Thomas lui répond. Non, il n'a pas observé de bleus sur son corps, sur ses bras, sauf après des chocs violents. Oui, quand il se coupe en se rasant le matin, il se passe plusieurs minutes avant que le sang s'arrête de couler, avant que la plaie ne devienne une cicatrice. Non, il ne s'est pas soumis à un examen sanguin parce qu'il avait des craintes quelconques mais parce que, sur la demande de Claire qui s'inquiétait de ses fatigues répétées, il a accepté de faire un check-up. Non, non, il ne voit rien de particulier à signaler. Et oui, il se sent bien, il se sent comme quelqu'un de normal, d'ailleurs il vit normalement. Alors le médecin pose à nouveau pratiquement les mêmes questions ; comme si les premières réponses ne lui convenaient pas et comme s'il pouvait y en avoir d'autres, des réponses, qu'on lui aurait cachées. Son ton est celui de l'Inquisition : c'est qu'il convient, en plus de circonscrire le mal et de déterminer précisément ses manifestations, de traquer la faute, le péché véniel, l'acte hérétique, ce qui a pu amener ici ce Thomas Andrieu, innocent improbable. Mon frère fournit les mêmes réponses. Dans le rictus du visage du mandarin, on observe qu'elles ne le satisfont toujours pas. Comment cela ? Pas la moindre relation sexuelle non protégée ? pas le moindre voyage dans des pays exotiques ? pas la moindre blessure ? pas le plus petit antécédent dans cette famille de tarés ? pas le plus petit début d'explication, indice, signe ? pas la moindre erreur condamnable ? Qu'à cela ne tienne : puisqu'il ne consent pas à avouer, puisqu'il se refuse à confesser ses turpitudes, le sang, lui, parlera. Le sang ne ment pas : il dévoilera ce que son porteur cherche à dissimuler. Toute résistance est inutile. Et ce n'est pas encore assez. La prise de sang, ce n'est pas assez. On prélèvera également de la moelle osseuse. Il lance un ordre : qu'une ponction sternale soit réalisée sur-le-champ. J'aperçois le regard de Thomas, qui marque l'incompréhension. Le savant s'abaisse à fournir une explication sommaire à l'ignorant : on va lui enfoncer une aiguille au niveau du sternum et on procédera à une ponction de moelle. Il a compris ? Il veut d'autres explications ? Non ? Ça tombe bien parce que des malades attendent, des coopératifs ceux-là, des vrais mourants, des vieillards condamnés, qui montrent qu'ils ont mal, qui demandent dans un râle, dans une supplique, qu'on les guérisse ou qu'au moins on les soulage. Et le médecin disparaît.

Il s'écoule moins d'une minute avant que des infirmières ne réinvestissent la chambre. À la main, elles tiennent des ustensiles qui ressemblent à s'y méprendre à des instruments de torture. La ponction sternale va pouvoir débuter. D'abord, elles nous prient de quitter la chambre mais Thomas exige que je demeure à ses côtés. Elles se consultent du regard et finalement décident que je peux assister à cela. Mes parents nous laissent avec elles. Il me semble apercevoir des larmes embuer les yeux de ma mère. Je me tiens en retrait. Deux infirmières se placent de chaque côté du lit. Elles se saisissent des poignets de Thomas, expliquant d'une voix douce qu'elles doivent l'empêcher de bouger, que sans doute il sera tenté de le faire mais qu'il est préférable qu'il ne se débatte pas. On voudrait ne retenir que la douceur de leur voix mais on n'entend que la violence de leur propos, l'horreur de l'information qui nous est délivrée. Je m'attends à assister au spectacle d'un fou qu'on place dans une camisole de force pour lui interdire de nuire ou d'un épileptique dont on chercherait à stopper les convulsions. Les images qui se plantent dans mon cerveau évoquent le désordre, la démence, la combustion. La troisième infirmière s'approche de Thomas. Elle lui dit qu'elle va le piquer, que ça ne va pas faire mal, qu'il ne doit pas s'inquiéter (et je sens déjà que ces mots, il va les entendre des dizaines, des centaines de fois), que la piqûre aura pour effet d'anesthésier la zone qui entoure le sternum. Elle a un sourire léger, un air calme, des yeux clairs : on a envie de lui faire confiance, on pourrait presque occulter l'effroi. Mais dès qu'elle cesse de parler, dès qu'elle enfonce la seringue, l'effet de sa douceur se dissipe et ne demeurent que la peur, brute, et la douleur, réelle ou ressentie. Pour déterminer si le liquide anesthésiant a produit son effet, elle gratte l'os du bout de sa seringue. Ce bruit de la seringue contre l'os, c'est celui des abattoirs, celui des carcasses d'animaux qu'on déleste de leurs derniers oripeaux de viande. J'observe Thomas : il a fermé les yeux. J'essaie mais en vain de deviner à quoi il pense, à qui. Je vois que la peau ne tressaille pas : je suppose que l'anesthésie s'est produite. Alors, l'infirmière se saisit d'une aiguille au diamètre plus grand, comme celles dont ma grand-mère se servait pour tricoter. Je songe aux faiseuses d'anges au sortir de la Deuxième Guerre mondiale, à ces femmes entre deux âges dans les villages qui pratiquaient des avortements clandestins sur des jeunes filles, à ces aiguilles à tricoter qu'on enfonçait dans les ventres pour effacer les fautes. Je songe que rien n'a changé, que les instruments de la torture ou de la médecine n'ont pas changé. Je souhaite que Thomas ne voie rien, qu'il continue de conserver ses yeux clos. Je crois qu'il pourrait se rebeller ou s'évanouir. L'infirmière plante l'aiguille à tricoter au milieu de sa poitrine, sur la peau intacte, sur le torse lisse. Je vois qu'elle va déformer le torse, qu'elle va le défoncer, qu'il ne sera plus jamais comme avant, qu'on va perdre ce poitrail parfait, qu'il va disparaître, que c'est la dernière fois que ce poitrail existe. Je fais le geste de porter ma main sur mon propre torse. Ils vont réussir à nous différencier, à éliminer nos ressemblances. L'infirmière force un peu pour enfoncer l'aiguille. Elle fait porter le poids de son corps vers l'avant, afin que l'aiguille s'enfonce. Et soudain, d'un coup sec, l'aiguille précisément s'enfonce et il me semble qu'elle va traverser tout le corps, qu'elle a vaincu une résistance, une barrière et que rien ne l'arrêtera, qu'elle va transpercer Thomas de part en part. Le corps marque un léger soubresaut, comme s'il recevait une décharge électrique. Pendant une seconde, j'ai l'impression que Thomas est mort, que cette femme l'a tué, qu'elle a mal exécuté son geste et qu'elle l'a tué. Pourtant, les paupières de Thomas se plissent à l'endroit où la peau est la plus fine : il est encore en vie. L'infirmière dit que le prélèvement sera bref, que cela va aller vite, qu'il ne sentira rien. Elle dit vrai : très vite, elle retire l'aiguille à tricoter et là, je vois le poitrail qui se soulève des draps comme s'il était aspiré. Je me demande comment on survit à cela, être malmené de la sorte. Je pense que les séquelles doivent être majeures. Le corps retombe : la ponction est terminée. Il ne reste désormais qu'à attendre les résultats de l'analyse de la moelle. Les deux infirmières de côté relâchent leur pression. Thomas n'a pas bougé. Il s'écoule plusieurs secondes avant qu'il rouvre les yeux. Il regarde alors dans ma direction. Je comprends à l'expression de son visage que le mien doit dire l'épouvante. Il me sourit faiblement. Il me dit : « Ça va aller. » Et moi, je sais déjà que ça n'ira pas.

Trois heures plus tard, le médecin vient annoncer que la ponction de moelle osseuse a démontré que l'organisme de Thomas produit normalement des plaquettes (c'est la bonne nouvelle) et que quelque chose les détruit (c'est la mauvaise). Il dit qu'il préfère cela. Il se prétend soulagé mais indique qu'il nous faut donc continuer à traquer les causes de la séquestration des plaquettes. Il y a chez nous ces mêmes sentiments de joie et d'inquiétude. Et puis, j'aperçois le torse de Thomas où l'aiguille a laissé son empreinte. Je me demande combien de mutilations seront nécessaires pour débusquer la vérité, combien d'examens il lui faudra subir pour espérer savoir enfin ce qui lui arrive, pourquoi cela lui arrive. Je me demande si, à tout prendre, il ne nous faudrait pas préférer ces moments où nous ne savons pas encore à ceux où nous aurons été informés. Je songe que la vérité pourrait nous faire regretter notre ignorance.

L'une des infirmières me prend par le bras et m'entraîne à part. Elle me demande d'abord si elle peut me faire confiance, comme si elle préparait un complot. Elle me demande si, à moi, elle peut fournir des renseignements. Je lui réponds qu'il ne faut rien cacher à Thomas, que tout doit lui être révélé, que si elle me livre une information confidentielle, je la lui répéterai. Elle me regarde d'un air désappointé, et même effrayé comme si j'étais un fou dangereux. Elle dit qu'il est des choses que les malades ne doivent pas connaître, que c'est pour leur bien qu'on les leur cache, que la force mentale est un élément décisif dans une guérison, que nous avons le devoir impérieux de ne rien faire qui pourrait entamer cette force, qu'il s'agit d'une sorte d'obligation morale en même temps que d'un impératif médical. Elle fait appel à mon sens des responsabilités, qui doit l'emporter sur l'affection que je porte à mon frère. Je continue d'émettre des doutes sur le fait qu'un mensonge puisse servir la moindre cause. Elle s'agace, me traite d'idéaliste, s'inquiète que Thomas soit si mal entouré, dit que c'est de courage et de détermination dont nous allons tous avoir besoin et non de bons sentiments ou de principes moraux, que c'est une guerre qu'il va falloir mener et qu'elle ne se mène pas la fleur au fusil, qu'elle en a vu d'autres, qui prétendaient s'en tenir à la vérité et qui ont fini par mentir éhontément pour protéger leurs proches parce que tous les moyens sont bons quand l'ennemi est aux portes. Je persiste dans mon refus de tout mensonge. Elle finit par m'envoyer paître, refusant de me communiquer les renseignements qu'elle détiendrait. Je la regarde s'éloigner, sa tête dodelinant afin de marquer sa réprobation. Je ne veux même pas imaginer ce que peut être le secret qu'elle avait à confier.

Une autre infirmière annonce que le séjour de Thomas à l'hôpital durera plus longtemps que prévu. J'ignorais qu'une durée avait été fixée au préalable. Je suppose que les tests ne permettent pas d'avancer dans la détermination des causes de la maladie. La même infirmière indique que le traitement va débuter toutes affaires cessantes. À défaut d'avoir identifié les causes, les médecins connaissent la nature du mal et les remèdes nécessaires pour l'enrayer, au moins temporairement. On indique à Thomas qu'il devra se soumettre à des perfusions d'immunoglobulines, sorte de substituts sanguins. Immédiatement me vient cette image : l'intrusion d'un corps étranger. Aussitôt, on installe un cathéter sur son bras, on accroche un tube à un pied, il faut à peine dix minutes avant qu'un liquide blanchâtre s'écoule dans les veines de Thomas. Il ne dit rien, il n'a même pas produit un rictus, il paraît étrangement passif, un peu absent, comme si tout ce qui arrivait arrivait à un autre que lui ou comme s'il avait décidé de s'en remettre entièrement à ceux qui sont censés savoir. Je voudrais qu'il lutte un peu, qu'il pose quelques mots sur son affreux silence. Je le vois, étendu sur son lit d'hôpital, un tube enfoncé dans son bras gauche. Il est déjà moins qu'un humain.

*Le 11 août,*

Je me souviens. J'avais sept ans. Mon frère jouait dans le jardin qui descend jusqu'à la mer. Personne ne lui prêtait attention. C'est à l'instant précis où on a entendu son cri qu'on s'est rappelé son existence. J'ai vu ma mère courir, se précipiter. À peine une minute plus tard, j'ai aperçu le corps comme inanimé de Thomas contre le sien, les bras secoués, les jambes ballantes, la joue en sang. J'ai été frappé par l'expression affolée de ma mère, la peur sur elle, l'effroi. Je n'ai pas compris tout d'abord que ce qui se jouait, c'était l'histoire d'une mère et de son fils, cette relation que nul ne peut approcher, qui a à voir avec la chair, avec l'éternité. Je n'ai pas compris que, si la mère perdait son fils, si elle perdait à nouveau un fils, c'était sa vie à elle qui s'arrêtait. Je n'ai observé que l'affolement, le désordre. Mon frère s'en est tiré avec une balafre rose, qui, avec le temps, est devenue une cicatrice au-dessous de l'œil gauche, trace blanche dans son visage assombri par le soleil de l'été rétais. J'ai pensé tout de suite, sans en éprouver la moindre honte : cette cicatrice, au moins, servira à nous différencier.

Car la ressemblance frappe, paraît-il, comme une évidence. Un jour, il y a de cela quelques années, sur la route principale qui conduit au phare des Baleines, j'ai aperçu une femme visiblement âgée, de celles dont on dit sans les connaître : « C'est une vieille femme. » Je l'ai aperçue de loin, vraiment, et si d'emblée elle a retenu mon attention, c'est parce que je la voyais distinctement se diriger vers moi, agitant son bras droit au-dessus de sa tête : j'ai su presque immédiatement que c'est vers moi qu'elle marchait, que c'est moi qu'elle venait voir, que cette agitation du corps m'était destinée. Sa silhouette, pourtant, ne m'évoquait rien. Toutefois, je n'ai pas fait le mouvement de m'écarter de la route qui la menait à moi, de m'écarter d'elle. Je l'ai attendue. Et plutôt que d'être étonné ou gêné par cette rencontre qui s'annonçait, j'ai éprouvé soudain le besoin que cette femme ne se détournât point de son chemin, qu'elle vînt bien jusqu'à moi. Lorsqu'elle est parvenue à ma hauteur, j'ai remarqué sa petite taille, son front haut, sa chevelure argentée, son nez busqué, sa peau striée de rides, la maigreur de son corps vêtu d'une robe de coton noir comme en portent les veuves. Elle m'a souri. D'abord, elle a dit : « Vous ne me reconnaissez pas, n'est-ce pas ? » Et avant même que j'aie répondu, elle a ajouté : « Moi, je vous ai reconnu tout de suite. Je vous ai reconnu à des dizaines de mètres. J'ai su qui vous étiez sans hésiter. Votre silhouette est reconnaissable parmi des milliers. C'est celle des Andrieu. Vous êtes Thomas Andrieu. » J'ai regardé la femme aux cheveux gris. J'ai simplement dit : « Mon nom est Lucas. Thomas est mon frère. »

Cette ressemblance, je ne l'ai jamais vue. J'ai entendu les gens en parler, être frappés par elle, s'extasier parfois, croire à notre gémellité. Je connais la quasi-unanimité des gens au sujet de cette ressemblance. Pourtant, je persiste à affirmer que je ne l'ai jamais vue. J'ignore de quoi il s'agit, vraiment. Encore aujourd'hui, lorsqu'il m'arrive de feuilleter les albums de photographies de l'enfance, ou lorsque je tombe par hasard sur un Photomaton qui traîne ou lorsque je contemple mon frère quand il dort comme en ce moment, je ne reconnais pas son visage comme étant le mien, je n'aperçois que les différences, les dissemblances et je nous dissocie absolument.

La préférence, elle, en revanche, je l'ai vue. Très vite. J'ai vu qu'on me préférait Thomas, que c'est à lui que les gens accordaient leur attention lorsque nous étions enfants puis adolescents, que c'est vers lui qu'on allait. Et je ne comprenais pas cette préférence, dès lors que je faisais l'effort d'admettre notre ressemblance. Pourquoi lui, plutôt que moi ? Pourquoi toujours lui ? J'ai cherché. Et j'ai trouvé : c'était la plus grande vivacité du regard, la plus grande franchise du sourire, une attitude presque indescriptible qui vous attire tout de suite la sympathie, un balancement des hanches peut-être, une singularité, la sonorité d'un rire qui se déploie, une expression enfantine dans le visage pour l'éternité comme la promesse d'une innocence. J'ai admis que mes œillades étaient plus noires, mes sourires plus forcés, que la position du corps souvent marquait le retrait, la défiance, que l'ironie pouvait être interprétée comme une perversité. Ce sont des différences infimes, à peine perceptibles, et pourtant, à la fin, elles font de l'un un enfant choyé, un adolescent séducteur, de l'autre un garçonnet solitaire, un jeune homme mélancolique.

En ai-je souffert ? Davantage sans doute que je n'aurais consenti alors à le reconnaître. J'aurais voulu moi aussi être entouré, contemplé, recherché. J'aurais voulu l'étourdissement, la légèreté, les rondes autour de moi. J'ai dû ressentir une sorte de jalousie, d'affreuse jalousie, face à ce qui aurait pu paraître une injustice.

Aujourd'hui, il me semble que je me mettrais à genoux pour qu'on évoque encore une fois notre ressemblance. Et j'assumerais de n'être pas le préféré. Mais sans doute est-il trop tard. Sans doute a-t-il été trop tard, dès le commencement.

Il y a ceci, tout de même : à la fin, c'est moi qui gagnerai.

*Le 17 mars,*

Thomas nous réunit. « J'ignore où ceci va me mener, nous mener tous ensemble mais je sais quelque chose : je ne veux pas de visage décomposé, ni de pitié, ni de spéculation. Je veux que tout soit comme avant, que nous gérions cette maladie comme des grandes personnes, comme des gens qui savent ce qu'ils peuvent attendre les uns des autres, que nous ne nous racontions pas d'histoires, que nous n'en fabriquions pas non plus. Je ne veux pas de fantasmes, pas de peurs inutiles. Et j'exige le secret, j'exige que les autres, les gens du dehors, demeurent dans l'ignorance de ça, la maladie, jusqu'au dénouement, quel que soit le dénouement. Je refuse absolument d'être le malade qu'on plaint, ou qu'on ménage. » Il dit cela, juste cela, et il se tait. Il a parlé dans un silence religieux, un silence d'église. Quand il se tait, personne ne peut reprendre la parole derrière lui : ça commence mal. Alors, il sourit, il fait cela : sourire, et dans le sourire, c'est une douceur infinie qui s'exprime, presque comme une fatigue, quelque chose qui coule. Nous sommes face à son merveilleux sourire et nous pensons qu'il n'arrivera rien. À mon tour je souris, et je devine que nos parents et Claire sont frappés par la similitude de nos expressions, qui se répondent. Ils voient nos visages qu'un même sourire éclaire et, pendant quelques secondes, ils reprennent confiance. Lorsque le sourire disparaît, ils ont admis qu'ils doivent désormais se préparer à mentir, à dissimuler, à tenir bon alors qu'ils ne voudront rien d'autre que s'effondrer, à espérer contre tout espoir, à rire pour étouffer des sanglots, à penser à autre chose qu'au pire sans jamais y parvenir, à prononcer des paroles sans intérêt pour donner l'illusion que les conversations peuvent encore être badines. Ils savent que les requêtes de Thomas ne peuvent être satisfaites, bien entendu, qu'au prix d'une imposture et d'une fuite en avant.

À moi, à part, Thomas dit : « J'ai le sentiment très net d'un processus qui s'enclenche, irréversible, d'une machine infernale qui se met en route, que nous ne stopperons pas. Je sens que je ne sortirai pas vivant de cette histoire. J'ai cette prémonition, qui n'est pas la conséquence d'un abattement passager mais plutôt une conviction intime, presque le fruit d'un raisonnement scientifique. Et si j'en parle avec autant de calme, c'est parce que je comprends que la lutte est inutile, qu'il est impossible de contrer cette fatalité qui est sur moi. » Je le regarde avec effroi car au fond de moi, et très curieusement, et terriblement, j'éprouve le même sentiment. Il n'y aura pas d'autre issue que la mort. Cette révélation presque tranquille me glace le sang. Oui, il y a cela, très distinctement, tout à coup : je sais que nous allons perdre Thomas, qu'il surviendra ça, la perte de Thomas, que nous ne l'empêcherons pas, que nous serons dans l'impossibilité de l'empêcher. Ils auront beau affirmer que les chances de survivre l'emportent sur celles de succomber, ils auront beau avoir, au moins au début, la raison et les probabilités de leur côté, ils n'empêcheront pas la mort de se produire. Nous savons ce qu'ils ne savent pas, nous avons cette intuition fabuleuse, un désespoir intégral, très pur. C'est impossible, sans doute, à expliquer. Nous ne parviendrons pas à leur faire admettre notre certitude. Ils s'essaieront, mais sans y parvenir, à nous raisonner. Ils mettront des adjectifs sur cette certitude : macabre, absurde, inutile. Ils ne pourront pas nous atteindre, nous rejoindre.

Au fond, cette mort sera-t-elle autre chose qu'un long et lent suicide consenti ?

*Le 19 mars,*

La consigne du silence, des apparences qu'il faut sauver est suivie à la lettre par tous. À Thomas, on ne parle de rien. Avec lui, chacun se comporte comme si tout était absolument normal. Il y a là quelque chose de tout à fait artificiel qui ne trompe sûrement personne mais on se tient à la règle établie avec une rigueur exemplaire. En conséquence de quoi, c'est auprès de moi que chacun vient exprimer son angoisse, sa détresse. Pour la énième fois dans ma vie, je joue le rôle du substitut de Thomas. Et pour la énième fois, je recueille les confidences comme si c'était mon emploi, comme si j'étais d'une constitution différente de celle des autres, comme si s'agissant de moi, on avait décidé une fois pour toutes que je serais celui qui peut tout entendre, tout recevoir, peut-être tout comprendre. Chaque fois, je voudrais m'extraire de cette imposture, dire : « Je ne suis pas celui que vous croyez, je n'ai pas envie de vous écouter, je ne sais rien faire de vos détresses. » Moi aussi, j'aimerais bien qu'on m'écoute, qu'on me fasse cette grâce, considérable il est vrai.

Et, bien entendu, je ne dis rien de tout cela. Et je *les* écoute.

Claire prétend qu'elle ignore les gestes qu'il faudrait accomplir, qu'elle a l'impression d'être sans cesse un peu à côté ou en retard, qu'elle est certaine que Thomas s'en aperçoit. Elle dit qu'il y a sûrement des gens qui se comportent magnifiquement dans ce genre de circonstances, qui trouvent les mots. Elle n'est pas de ceux-là, les magnifiques. Elle se trouve idiote, inutile. Elle croit qu'elle sera démasquée pour ce qu'elle est, dans cette épreuve, que mon frère va forcément se rendre compte qu'elle n'est pas la fille qu'il lui faut, qu'elle ne sait pas naviguer par gros temps, qu'elle est juste faite pour les périodes de bonheur et d'insouciance, que le malheur, ça n'est pas pour elle. Et d'ailleurs, elle est persuadée de cela, qu'elle est une jeune femme seulement légère, futile, que la gravité lui est étrangère. Elle n'est pas sûre elle-même que sa place soit auprès d'un mourant, si c'est cela que Thomas est subitement devenu. Je corrige : « Sursitaire, pas mourant. – Sursitaire, si tu veux. » Elle est un peu affolée, désemparée, un petit animal effrayé. Je la considère avec commisération. En effet, Claire pourrait ne pas résister à cette épreuve. Nous verrons bien. Je ne lui réponds rien. Et du reste, je ne crois pas qu'elle attende de moi des réponses. Nous nous séparons vite. Dans ma tête, trotte l'expression de Thomas : la belle Claire aux beaux yeux clairs. Oui, c'est ça : elle n'est peut-être rien d'autre qu'une jolie jeune femme au regard fuyant.

*Le 15 août,*

Thomas souhaite aller marcher. Il souhaite longer la plage de la Grande Conche pour espérer apercevoir des marsouins, puisque les baleines qui ont donné la dernière partie de son nom à Saint-Clément ont disparu depuis bien longtemps, si elles ont jamais existé. Mais il faut se rendre à l'évidence : nous ne verrons pas de marsouins. En revanche, nous serons envahis par les touristes qui chaque année paraissent plus nombreux. Alors Thomas propose que nous échappions au tumulte, à la foule, au désordre de la plage bondée et que nous empruntions la route qui conduit à la forêt du Lizay : il veut sentir la bonne odeur des pins, il dit que cette odeur vous fait aimer la vie encore davantage, qu'elle pourrait suffire au bonheur, que c'est dans les senteurs qu'il trouve désormais les plaisirs les plus vifs. Nous marchons longtemps au milieu des pins avant de parvenir aux Portes, dans cette partie de l'île qui se recroqueville, et de nous diriger vers le bois de Trousse-Chemise. C'est un moment extraordinairement calme, paisible. Il y a juste le bruit de nos pas sur les aiguilles de pin, ce craquement. Je vois que Thomas va bien. Je songe, contre l'évidence, qu'il pourrait guérir, qu'il pourrait vivre. Quand nous rejoignons enfin la route, l'image de sa mort prochaine a repris le dessus.

L'été, sur les plages, certains corps sont d'une beauté tout à fait inique. On les aperçoit tout d'abord indistinctement mais, malgré la distance, dès le premier battement des paupières, le regard est retenu, capté. Alors, on se décide à observer davantage, à accommoder, affûter le regard. Et comment ne pas admettre qu'il est peu de spectacles, parfois, aussi émouvants ou charmants ou sensuels que ceux de corps presque nus sur les plages estivales ? J'aime les peaux dorées, lisses, lissées par le soleil qui paraît rebondir à leur surface, des peaux comme celles de fruits mûrs, des peaux fermes, insolentes. J'aime les torses longs, à la limite d'être maigres, les torses imberbes, vierges de toute agression, comme ceux que nous avions lorsque nous étions encore des adolescents, et que nous avons perdus sans nous en apercevoir et sans comprendre pourquoi. J'aime la finesse des armatures, l'élongation des musculatures, les corps faits pour l'eau, ceux sur lesquels elle ruisselle. J'aime le trait de lumière blanche à l'approche de l'aine, à la frontière du maillot de bain, celle qui sépare le territoire ensoleillé du territoire dissimulé. Thomas a eu ce corps-là, avant que les médecins ne le mutilent. Au fond, je n'écris que pour retrouver la belle sensation du soleil luisant entre les omoplates d'un garçon étendu, ventre et visage contre le sable, dans août qui s'en va.

C'est là, précisément, dans le soleil, au bord de la mer, que mon désir pour les garçons est survenu. C'est là que, pour la première fois, j'ai regardé les corps, les formes, les lignes, les peaux. Quand on est adolescent, c'est seulement sur les plages qu'il nous est accordé de regarder les peaux nues. Sans ça, on ne les voit jamais. Et là, tout à coup, elles se découvrent, elles se montrent dans la lumière, elles s'offrent au rebond de la lumière. Le premier désir sensuel dont je me souvienne, c'est celui du toucher des peaux. Et la première révélation fut que ce désir se localisait sur celles des garçons. D'emblée, j'ai recherché la douceur et la fermeté. D'emblée, et sans doute injustement, c'est avec les peaux des garçons que je les ai trouvées. Les peaux des filles me paraissaient trop élastiques, trop fragiles. Celles des garçons me semblaient sûres, lisses. Mes mains, d'instinct, ainsi que mon regard préféraient ces peaux-là. J'ignore quelle est la part du hasard. S'il y avait eu des filles plus jolies, aux seins moins lourds, et des garçons disgracieux au teint blafard, dans l'été de la naissance du désir, les choses eussent-elles été différentes ? Je ne sais pas répondre à cette question et je ne m'en porte pas mal. Je n'ai pas reçu comme une catastrophe la nouvelle de mon goût pour les garçons. Au contraire, j'en ai été émerveillé, ravi. La fascination pour les corps qui s'est déployée plus tard dans l'écriture des livres est née au creux de cet été 1986, l'été de mes quatorze ans, dans une lumière jaune. Elle ne m'a plus quitté. Elle est ce qui me définit le mieux.

Thomas affirme l'avoir su tout de suite. Il affirme avoir perçu ce désir immédiatement. Il se souvient d'avoir deviné mon orientation sexuelle dès qu'elle s'est manifestée. Il était plus jeune que moi pourtant, moins au fait *a priori* de ces choses-là, incapable de les nommer avec exactitude sans doute, et cependant il est affirmatif. Avec les années, et quels qu'aient été les interlocuteurs, il n'a jamais dévié dans le récit de cette révélation. Il a pensé : mon frère préfère les garçons. Voilà, c'est tout. Il n'en a pas été catastrophé non plus et il ne s'en est pas ouvert à moi pour autant. Cela s'est fait. Et cela ne l'a pas empêché de préférer les filles, et de ne rien trouver à y redire, de n'en être pas surpris. Les choses se sont mises en place en douceur, sans césure apparente et notre fraternité, au lieu d'en être affaiblie, est sortie renforcée de l'affirmation de notre première vraie différence. C'est là, au moment où nos routes se sont disjointes pour la première fois, que nous avons compris véritablement que rien ne nous séparerait jamais, que le lien qui nous unissait résisterait à tout, que seule la mort pourrait en triompher.

Ai-je jamais été aussi proche de lui qu'aujourd'hui ? J'ai beau connaître notre intimité, qui date du premier jour, qui ne s'est jamais démentie, qui donne tout son sens au mot *fraternité*, il me semble que notre proximité n'a jamais été aussi grande que dans ces instants qui sentent la fin.

*Le 20 mars,*

C'est le printemps. Il le regarde se lever derrière la fenêtre d'un hôpital. Combien de printemps reverra-t-il ?

Comme l'administration pénitentiaire le ferait avec un criminel retenu prisonnier, on l'informe qu'il est autorisé à quitter sa chambre, à faire quelques pas *au-dehors*. Il se balade en faisant rouler à son côté gauche le pied sur lequel est installé le flacon relié au cathéter planté dans son bras. Les perfusions d'immunoglobulines se poursuivent afin de tenter de faire remonter le nombre des plaquettes. Il marche au même rythme qu'un vieillard qui, lui, se déplace plié en deux, de la bave à la commissure des lèvres, une barbe blanche sur sa peau décharnée. Le synchronisme de leur déplacement me fait monter les larmes aux yeux. Je ne dis rien. Je jette un coup d'œil circulaire au jardin d'hiver planté dans la cour centrale du bâtiment où nous nous trouvons. Je sais que ce paysage embrassé me permettra de recouvrer mes esprits. Thomas ne parle pas. Depuis l'hospitalisation, il ne parle presque pas. Nous continuons notre promenade dans un silence pénible.

Plus tard, dans la journée, je croise par hasard le grand mamamouchi. Je m'enhardis pour l'aborder et lui poser quelques questions. Il ne me répond que par des onomatopées. Visiblement, je le retarde dans sa tournée des malades. Pourtant, j'insiste. Je voudrais en savoir un peu plus. À la fin, je pose la seule question qui, au fond, mérite d'être posée, et qui contient toutes les autres : « Quel est le degré de gravité du mal de Thomas ? » Il interrompt sa lecture faussement attentive de dossiers médicaux et me dit : « Cela pourrait être bénin. » J'ignore si l'on peut fournir pire réponse.

*Le 31 mars,*

Les plaquettes sont remontées à un niveau quasiment normal. Après deux semaines de perfusions, Thomas est provisoirement hors de danger. Le risque hémorragique est écarté. Pour la première fois depuis la découverte de la maladie, il y a un relâchement, une détente. Thomas sourit. Je regarde son merveilleux sourire. Je songe aux possibles. Je songe que Thomas pourrait peut-être revivre normalement, quitter l'hôpital, être insouciant comme il sait l'être, indolent. Je songe qu'il pourrait recommencer sa musique, son piano, rejouer ce prélude de Bach qui m'arrache des larmes paisibles. Je songe que nous pourrions profiter du printemps qui commence pour aller passer quelques jours dans la maison de Saint-Clément, profiter des tout premiers soleils, ceux qui chauffent à peine l'épiderme mais qui nous redonnent à la belle lumière. Je songe que nous pourrions être tranquilles à nouveau, que je pourrais reprendre l'écriture de mon livre. Mais le professeur de médecine vient calmer mes ardeurs. « Maintenant, annonce-t-il, c'est l'heure de vérité.

Nous allons interrompre le traitement aux immunoglobulines pour voir si les plaquettes se maintiennent ou non au niveau qu'elles ont atteint. Si c'est le cas, nous pourrons être soulagés mais vous ne serez pas tiré d'affaire pour autant parce qu'il nous faudra continuer à chercher ce qui cause la destruction de vos plaquettes. Si ce n'est pas le cas, nous devrons opter pour un autre traitement. » Il ne précise pas lequel car il se prétend confiant. « Les immunoglobulines, ça marche dans quatre cas sur cinq. » Je reviens dans le réel. Le prélude de Bach s'est perdu dans le claquement sec de la porte d'une chambre d'hôpital.

*Le 2 avril,*

Les plaquettes se sont effondrées en moins de quarante-huit heures, pour revenir au niveau qui était le leur avant les perfusions. Tout est à refaire. Nos parents replongent en enfer. Claire m'annonce qu'elle ne peut plus supporter tout cela, qu'elle a décidé de prendre du champ, qu'elle ne sait pas être la compagne d'un possible condamné, qu'elle regrette, qu'il ne s'agit pas d'une séparation définitive. Elle me remercie d'en informer Thomas, elle ne s'en sent pas capable, et puis, elle ne veut pas lui causer de la peine inutilement, elle croit qu'il faut toujours éviter les cérémonies d'adieux ; les effusions, ce n'est pas son truc. Je l'écoute, sans rien dire. Je n'acquiesce ni ne fais de reproches. Je pense qu'il n'y a rien à dire, rien à faire, qu'elle doit partir si c'est ce qu'elle souhaite, que je ne sais ni ne veux la retenir. Je n'ai pas d'opinion sur ce qui est bien, ce qui est mal. Je prends les informations, une à une, comme elles arrivent. Thomas, lui non plus, n'a pas un mot lorsque je lui fais part du départ de Claire. Il prend ma main, comme si j'étais celui qu'on doit consoler, et il la presse. Il me semble que son regard s'embue : il ferme les yeux. Sa main demeure dans la mienne.

Plus tard, il dit : « C'est une épreuve, tout de même. À la fin, tu verras, il ne restera que toi. »

*Le 3 avril,*

Voilà. Il faut retrouver cette terreur, désormais presque familière. Il faut vivre avec cela, la peur que tout s'arrête, en une minute, que l'hémorragie survienne et l'emporte. Je songe qu'à tout instant, la tête pourrait partir en arrière, explosée de sang, comme si elle avait été atteinte par une balle tirée de loin. J'ai cette image saugrenue dont je ne parviens pas à me débarrasser, celle du président Kennedy, à Dallas, le 22 novembre 1963, à l'arrière de sa Lincoln décapotable. Je vois la tête qui part en arrière, sous l'impact des balles, le corps qui s'affaisse. Je vois l'affolement et je songe que c'est cela qu'il pourrait nous être donné de connaître. J'ai beau me dire que c'est absurde, malsain sans doute, je n'arrive pas à éloigner cette vision. Dans l'ignorance où nous nous trouvons, il y a la place pour tous les fantasmes, tous les cauchemars. Y aurait-il un mouvement brusque, un raidissement soudain du corps, une tétanie, des convulsions, les yeux qui s'exorbitent, la paralysie de la face ? À quoi reconnaîtrions-nous que le pire est en train de se produire ? Et après ce surgissement, y aurait-il une accalmie, quelque chose qui ressemblerait à une sérénité, un apaisement ? Après s'être disloqué, le corps se détendrait-il, se déliterait-il, deviendrait-il inanimé ? Est-ce le regard qui s'éteint en dernier, est-ce lui qui retient la vie le plus longtemps ? Et nous, que ferions-nous de son sang qui sécherait sur nos mains ? Garderions-nous sa tête entre nos mains ? Les premières minutes seraient blanches, et puis le noir se ferait tout à coup, et nous n'aurions pas assez du temps qui nous resterait pour espérer revenir à la lumière.

*Le 17 août,*

Aujourd'hui, c'est un de ces jours, comme il en existe quelquefois à la fin de l'été, où le ciel vire à l'orage. Et ce gris du ciel, invariablement, me ramène à l'enfance.

Dès le matin, en nous levant, nous pressentions que la journée ne serait pas bonne. La lumière n'était pas belle, comme un peu sale, au lieu d'être jaune et bleu. Des nuages encombraient la ligne d'horizon : c'est à peine si on distinguait la mer. Ils s'étiraient sur des kilomètres et nous comprenions qu'ils ne disparaîtraient pas. C'étaient des journées d'un grand malheur pour les enfants que nous étions. Cela signifiait qu'il n'y aurait pas de plage, pas de bain de mer, qu'il faudrait rester à la maison. Une journée perdue, une journée pour rien, la perspective de l'ennui. Nous vaquions vaguement à quelques occupations sans importance, faire la vaisselle, ranger les chambres, dans l'attente que le temps se découvre. Nous savions au fond de nous qu'il ne se découvrirait pas car nous avions fini par apprendre la couleur des ciels et nous devinions ce que nous pouvions ou non en attendre. Ces jours-là, ma mère proposait de faire des gâteaux ou des crêpes, afin que nous supportions mieux l'enfermement. Elle savait que nous n'avions qu'une seule envie, celle de sortir nous ébattre dans le jardin mais les nuages noirs menaçaient, le vent faisait entendre ses premiers hurlements : notre envie serait contrariée, cette fois, c'était tout à fait certain. Le poste de radio grésillait, allumé par mon père. On y parlait de sport. Je me souviens d'étapes entières du Tour de France suivies sur le petit poste noir ou d'épreuves des jeux Olympiques vécues en direct dans la cuisine. L'orage maintenant n'allait plus tarder. Nous reprenions la lecture d'un livre, d'une bande dessinée abandonnée voici plusieurs jours et nous nous préparions en silence au déferlement à venir. Souvent la pluie survenait par à-coups, une bruine, puis une autre, ou quelques gouttes lourdes contre les carreaux et plus rien. Et puis, tout à coup, cela éclatait pour de bon. Les bons gros nuages crevaient dans un fatras extraordinaire, un déluge s'abattait sur notre maison comme les plaies sur le pays d'Égypte, le vent soufflait en rafales. Dehors, il paraissait faire noir, comme si la nuit était arrivée avant l'heure. Alors, l'odeur des crêpes et de la confiture qu'on y étale devenait agréable. Alors le grésillement de la radio nous accompagnait avec plaisir et les épreuves des jeux Olympiques recueillaient toute notre attention. Si l'averse durait, je finissais par monter dans ma chambre et je collais le nez au carreau de la fenêtre dont j'avais écarté les rideaux. Je regardais la pluie tomber sur le jardin, sur la mer, cela semblait ne pas devoir finir. Je n'avais pas peur. Le bruit était régulier, devenait familier, je m'habituais à la noirceur du ciel, j'étais sur un bateau. Lorsque l'ondée cessait enfin, lorsque la lumière revenait sur le jardin, sur la mer, j'étais presque déçu.

Alors que la pluie continue de tomber sur l'île, sur la mer, sur Saint-Clément, sur la maison silencieuse, il prend soudain la parole pour dire qu'il veut une tombe, quelque chose qui relie à la terre, qui ramène à elle. Bien sûr, lorsqu'on meurt sur une île, on envisage que le corps soit brûlé et les cendres jetées à la mer. Mais non, il insiste : il veut une sépulture, un lieu identifié, un socle sur lequel on se recueillera. Il dit qu'il veut du marbre, son nom gravé sur du marbre, comme une trace qu'on laisse, un héritage qu'on lègue, un lien avec ce qui fut pour ceux qui restent. Il dit que, sous le nom, il faudra apposer la date de la naissance et celle de la mort, des jours comme des repères. Il ne faut pas perdre la mémoire de ça. Il dit qu'il n'a pas de rêve illusoire de grandeur ou de postérité, simplement la conviction que le souvenir s'exprime dans ces poses silencieuses qu'on prend devant les pierres tombales, dans ces recueillements distraits ou émus au pied des dépouilles. Il dit qu'il veut voisiner avec ceux qui sont morts avant lui, les jeunes hommes fauchés dans le plus bel âge sur les champs de bataille et dont il regarde le visage d'enfant sur des cartes postales en noir et blanc, les veuves octogénaires qui ont promené leur silhouette de deuil pendant d'interminables années, les corps que la maladie a emportés, qu'un accident a mutilés. Il dit que c'est l'histoire d'un pays, d'un siècle qui se raconte dans les cimetières de France, qu'il souhaite être de cette histoire, que l'éparpillement des cendres au large de côtes qu'on a aimées, ça ne peut pas remplacer cela. Il dit que cela se trouvera dans l'île, bien entendu, la sépulture, que c'est une évidence, que la question certainement ne se pose pas mais qu'il préfère y répondre pour évacuer tout doute. Il dit que la dernière terre, ce sera celle-là, celle posée au milieu de l'eau, de l'océan, qu'ainsi ce sera tout à fait comme il le souhaite. Il dit qu'il veut des fleurs, des couronnes, ce décorum un peu vulgaire, un deuil éclatant, celui qu'on montre, qu'on expose, afin de ne pas le conserver par-devers soi, afin de l'expulser, de l'accomplir véritablement. Il dit qu'il faudra des larmes, des évanouissements peut-être, des manifestations spectaculaires, que la souffrance s'exprime plutôt que d'être comprimée, contenue. Il dit que ce sera une belle cérémonie : il compte sur moi.

Je pense : quand nos parents, à leur tour, seront morts, la maison de Saint-Clément me reviendra, m'appartiendra. La question du partage ne se posera pas.

*Le 15 avril,*

Trentième jour d'hospitalisation. Un mois que Thomas se trouve ici, dans cette chambre, sans pouvoir en sortir. Un mois qu'il subit le traitement aux immunoglobulines, dont nous savons qu'il ne marche pas, et qu'il sert seulement à le maintenir en vie, à écarter provisoirement le risque d'hémorragie. Un mois que les médecins cherchent et ne trouvent pas. Un mois qu'ils hésitent, sans parvenir à se décider à le laisser sortir, comme s'ils craignaient qu'il prenne la fuite, qu'il profite de sa liberté conditionnelle pour se sauver (comme s'il pouvait encore être sauvé) et ne jamais revenir, comme s'ils se méfiaient de lui, comme s'ils le soupçonnaient de pulsions de mort, d'intentions suicidaires. Ou comme s'ils redoutaient qu'un accident survienne, qu'une crise se produise, et qu'ils ne soient pas là pour lui éviter d'y succomber. Un mois d'enfermement dans cette blancheur aseptisée, dans cet asile de vieillards (les maladies de sang sont des maladies de vieux), où rien ne se passe qu'attendre, sans savoir ce qu'on attend, périr d'ennui. Un mois vécu au rythme des trois prises de sang quotidiennes, des repas qu'on sert à des heures improbables, des visites de courtoisie, des faces compassées des familles, du grésillement de la télévision, des pas traînants dans les couloirs, des sourires fatigués des infirmières de la nuit, du liquide blanchâtre qui coule dans les veines, du crissement de draps qu'on croirait en plastique. Un mois comme un anniversaire. Tchin-tchin ! J'ai failli dire : Santé !

*Le 17 avril,*

À le regarder s'agiter dans un sommeil artificiel, il me semble que je l'aperçois enfin, la ressemblance entre nous, que je la distingue. Oui, tout à coup, il me semble qu'elle est là, devant moi, que je peux en prendre toute la mesure. Il me semble que les cheveux qui collent aux tempes sont les miens, que les yeux clos comme ceux qu'on voit sur les photographies des cadavres sont les miens, que le torse long et blanc étendu sur les draps humides est le mien, que ce corps qu'on expose à intervalles réguliers à des étudiants en médecine indifférents est le mien. Et précisément, lorsque, subitement, ces étudiants pénètrent dans la chambre, sans prévenir, comme par effraction, j'ai le réflexe de me couvrir.

*Le 21 avril,*

Un malaise, ce matin. Thomas raconte qu'au moment où l'infirmière lui administrait la rituelle prise de sang, il a senti immédiatement qu'elle avait raté son coup, raté sa cible, que l'aiguille avait atteint un endroit qu'il aurait sans doute fallu ne pas toucher. Sa vue s'est troublée. Il a ressenti des picotements sous sa peau. Il dit que l'expression du visage de l'infirmière a tout de suite marqué l'inquiétude, l'affolement. Il se souvient que la jeune femme a demandé de l'aide comme on appelle au secours, demandé qu'on l'aide à étendre Thomas sur son lit (au moment de la prise de sang, il était assis dans son fauteuil de malade). Les renforts sont arrivés rapidement, comme s'ils étaient préparés à ce genre d'exercice, aux scénarios d'urgence. Tout de même, il y a eu beaucoup d'agitation, une sorte de bourdonnement. Il emploie l'expression : « une meute autour de moi ». Il dit que l'espace a peu à peu perdu sa consistance, sa réalité, qu'il lui a semblé être mouvant, déformé, comme il l'est parfois dans les rêves agités. Les voix aussi lui paraissaient irréelles, lointaines. Il distinguait seulement l'affolement, une tentative presque désespérée de survie. Une infirmière a annoncé : « Je ne trouve pas son pouls. » Pourtant, lui, il percevait bien qu'il n'était pas mort, plus vraiment du côté de la vie, mais pas mort. Il avait l'impression que la mort, ça ne devait pas être cette chose cotonneuse, sans souffrance, cette berceuse. Tout de même, quand il n'est pas parvenu, malgré ses efforts, à bouger son bras gauche, il en a été effrayé. Quand il a compris que le corps ne réagissait plus, qu'il n'obéissait plus à ses ordres, et que, cependant, il n'était pas en proie à une paralysie, il a pris peur. Il aurait admis un raidissement des membres, une tétanie, mais cette douceur, cette mollesse, cette apathie, c'était autre chose et ça l'a inquiété. Une autre infirmière a dit : « Sa tension artérielle est inférieure à six. » Il se souvient qu'on lui a administré des sels, un parfum violent, de ceux qui font se détourner le visage, qu'on lui a fait avaler des sucres, qu'une perfusion a été posée avec une remarquable dextérité compte tenu de l'urgence. Malgré cela, les gestes, les tentatives, il a senti précisément que les femmes en blouse blanche ont craint de le perdre, de ne pas réussir à l'arrimer à la vie. Il a senti cela comme une évidence fabuleuse, écrasante. Il a eu cette certitude. Il y avait sur leur visage l'expression d'une impuissance énorme, presque indépassable, un accablement. Il dit qu'à ce moment-là, il a cessé d'avoir peur, qu'il a éprouvé le sentiment de la résignation, de l'abandon. Il aurait consenti à mourir. Et puis, tout à coup, tout est revenu : la normalité de la lumière, la consistance de la chambre, la mobilité des membres, le battement du pouls, le flux dans les artères. Tout à coup, le malaise vagal, cela a été fini. Tout à coup, il y a eu un sourire sur le visage des infirmières. Leur regard a dit le soulagement, et dans ce soulagement, il a pu observer la part du hasard, du miraculeux, de l'incompréhensible. Pour finir, il dit que c'est quand tout est revenu qu'il s'est mis à pleurer.

Dans le couloir, je surprends les bribes d'une conversation entre deux médecins. « Ce n'est pas pour cette fois. » De quoi parlent-ils ? De qui ?

Je regagne mon domicile à la nuit tombée. Vincent m'y attend. Voilà plusieurs jours déjà qu'il se mure dans le mutisme, ce qui est sa façon à lui de me manifester son mécontentement. Et je sais, parce que je le connais bien désormais, parce que l'habitude me donne des repères, des certitudes, que ce mutisme précède toujours les explications orageuses. J'ai à peine refermé la porte de l'appartement derrière moi que je comprends, au seul regard noir qu'il me lance, que l'orage est pour cette nuit. Et, en effet, Vincent ne tarde pas à me demander si je compte m'intéresser à lui, plutôt qu'à Thomas, simplement Thomas, toujours Thomas. Il affirme qu'il peut admettre mon souci de lui, l'accompagnement de sa maladie mais il estime qu'il est certainement des limites à ne pas dépasser. À son avis, ces limites l'ont été, dépassées. Il croit que le temps ne peut pas être consacré qu'à Thomas, qu'il faut en laisser pour d'autres, pour lui. Il dit que mon esprit est entièrement mobilisé par Thomas, que lui n'y trouve plus sa place, que rien d'autre ne semble compter que le frère malade. Cela lui paraît une obsession. Il rappelle qu'il partage ma vie depuis plus d'une année. Il dit qu'il est là, dans l'appartement, dans le lit, au milieu des meubles mais que, parfois, il lui arrive de douter de cette réalité toute simple. Il ne hausse pas le ton. C'est un orage calme, un ciel lézardé d'éclairs mais sans pluie, les nuages ne crèveront pas ce soir. Pour finir, il dit qu'il m'aime et je le crois. Il parle d'une voix épuisée, presque résignée, comme pour un baroud d'honneur. Je l'écoute. Je lui souris faiblement. Je ne lui réponds rien. Je sais qu'il va partir, alors que, lui, l'ignore encore.

*Le 19 août,*

Thomas avait dix ans. C'était une belle journée du mois d'août, comme celle d'aujourd'hui. Soleil jaune et ciel bleu. Au fond, cela pourrait être un anniversaire. Il était parti seul, dans l'après-midi. Il avait indiqué qu'il allait en direction de la côte sauvage. On l'avait écouté avec distraction. On ne l'avait même pas entendu partir, je crois. Pourtant, la grille devant la maison grinçait déjà. Combien de fois ma mère avait-elle répété qu'il faudrait l'huiler ? Ce jour-là, mes parents recevaient en grande pompe deux couples d'amis venus leur rendre visite. Le déjeuner n'en finissait pas. On était passé à table très tard et, à plus de quatre heures, le dessert n'avait toujours pas été servi. Moi, je voulais du dessert. Quand Thomas m'avait proposé que nous quittions la table, lui et moi, pour nous rendre à la plage, j'avais refusé. Je voulais du dessert. Je n'avais pas patienté jusque-là pour me priver du seul plaisir qui alors m'importait : les charlottes au chocolat. Alors, Thomas avait demandé si, lui, il pouvait sortir de table. Lui, la charlotte... Ma mère avait acquiescé avec une rapidité désarmante, presque inquiétante. Car il lui fallait toujours retenir ses enfants, les empêcher d'aller où que ce fût sans elle, les surveiller du coin de l'œil à tout bout de champ. Et puis, elle était de ces mères qui pensent que les enfants qui demeurent à table jusqu'à la toute fin du repas montrent qu'ils ont été bien élevés. Nous aurions dû nous alarmer. J'aurais dû profiter de cette aubaine. Je ne l'ai pas fait. Il y avait la charlotte.

Je suppose qu'elle n'a même pas entendu Thomas l'informer (certes d'une toute petite voix) qu'il enfilait son maillot et qu'il emportait sa serviette de bain avec lui. Jamais elle n'aurait accepté qu'il se baignât, sortant à peine de table. Il fallait laisser passer trois heures pour la digestion. La dictature des trois heures ne souffrait aucune exception. C'est pour cela que nous demandions à déjeuner très tôt habituellement : nous voulions pouvoir être à l'eau vers trois heures et demie, l'après-midi, au moment où la mer est la plus agréable, où le soleil est au plus haut. Cette loi des trois heures, qui nous semblait une loi de la physique ou une règle de la médecine, était un supplice. Nous observions tous les autres garçons et filles, s'ébattant dans la mer et nous, nous devions rester sur le bord, sur le sable, et attendre. Nous pointions cette injustice mais notre mère demeurait inflexible. Trois heures, c'était la règle. Les autres enfants pouvaient bien faire ce qu'ils voulaient, ils n'étaient pas ses enfants. Et puis, qu'est-ce qui nous disait qu'ils n'avaient pas patienté trois heures, eux aussi ? Nous avions des informations à ce sujet, des preuves ? Hein ? Dans les derniers instants, ceux qui précédaient celui où la libération serait décrétée, nous devenions carrément intenables, demandant l'heure toutes les minutes, avec une évidente mauvaise foi, espérant faire craquer la mère implacable, la génitrice intraitable, la femme inébranlable… mais toujours en vain. Je crois qu'elle n'a jamais cédé. Mon père, lui, demeurait absolument en dehors du coup, comprenant que, dans cette affaire, il n'y avait que ça à prendre : des coups. Il nous renvoyait invariablement à notre mère, quand nous faisions appel à son arbitrage, à sa clémence, à son bon cœur. Il refusait de s'en mêler, exécutant avec rigueur un extraordinaire numéro de lâcheté. Quand le signal était enfin donné, nous nous jetions à la mer comme la misère sur le monde. Des gerbes d'eau salée jaillissaient contre nos flancs. Des cris de libération retentissaient. Les petits Andrieu redevenaient des garçons normaux, ils rejoignaient l'univers des vivants dont, pendant trois heures, trois heures interminables, traumatisantes pour le reste de leur existence, on les avait tenus écartés. C'est dire si nous aurions dû être surpris par la distraction de ma mère, sa soudaine et improbable générosité. Mais c'est qu'elle devait avoir des choses à prouver à ses invités. Son déjeuner devait être le plus réussi de tous. Elle ne devait se laisser perturber par rien si elle voulait se consacrer entièrement à son inévitable futur triomphe.

Thomas a marché consciencieusement vers la plage. Il a traversé, sous un soleil de plomb, un maquis fait d'œillets sauvages et d'immortelles, laissé sur son côté les marais salants et les étendues vaseuses que surplombent aujourd'hui des appontements déserts, longé les dunes et les platins recouverts d'algues sur cette terre qui émerge à peine entre les pertuis, et aperçu les tamaris qui signalent qu'on est enfin arrivé. Il a posé sa serviette au milieu de nombreuses autres, sans vraiment prêter attention à son voisinage. Il s'est dirigé immédiatement vers le bord, il est entré dans l'eau d'un coup. Les gens qui l'ont secouru disent qu'il a été saisi de vomissements presque tout de suite, qu'il a donné l'impression d'avoir perdu connaissance, que son petit corps a été ballotté par les vagues, grosses ce jour-là, à cette heure-là, « c'est l'Atlantique, quand même ». Ils disent que les secours sont arrivés très vite, que le médecin s'est bien occupé de lui, mais que ce n'est pas prudent « quand même » de laisser un enfant de dix ans se baigner seul, sans surveillance, et après un repas visiblement lourd, si on en croit ce qui se raconte. On nous a téléphoné vers cinq heures. Ma mère n'a pas eu son triomphe.

La mémoire est décidément une chose bien curieuse. Elle fait se mêler les images de l'enfance et l'agonie de mon frère. La maison des vacances est le point où cette enfance et cette agonie se rejoignent, se heurtent. Je n'avais pas prévu cela.

*Le 29 avril,*

Le médecin vient annoncer qu'il convient désormais d'entamer un traitement aux corticoïdes. Il explique que la cortisone pourrait permettre de libérer les plaquettes que la rate ou le foie séquestrent sans doute. D'abord, il s'agira d'une administration orale sous surveillance médicale. Dès les premiers jours, on observera comment Thomas réagit. Les prises de sang nous renseigneront. Ensuite, on ajustera le traitement ou le dosage, si nécessaire. Il répète qu'il a confiance. Il ne doit pas se rappeler que c'est une phrase qu'il a déjà prononcée.

Thomas me regarde, sans un mot. Après un très long silence, il finit par dire : « Jusqu'à présent, pour moi, la cortisone, c'était le médicament des cancéreux. Autant dire des incurables. » Je ne réponds rien. Je sais que nous voyons les mêmes images. Je sais que le temps du silence a été celui de la reconstitution de ces images. Nous voyons le corps du grand-père, amputé de la jambe gauche, mais trop tard, mais pas assez haut pour stopper la progression des ganglions. Nous voyons la peau bouffie par la cortisone, le teint vitreux, et c'est comme si nous contemplions les métastases à l'œuvre, comme si nous savions déjà qu'aucun traitement, aucune chimiothérapie, aucun laser n'en viendrait à bout. Nous voyons le squelette qui apparaît, la carcasse saillante, les os qui menacent de trouer la peau. Nous voyons l'homme robuste devenir en quelques semaines un vieillard impotent, douloureux, qui réclame la morphine pour abréger ses souffrances. Nous voyons la mort à l'œuvre, dont la victoire ne fait aucun doute. Nous voyons cette lutte inutile, ce combat perdu dès le premier instant, la main qui bat l'air quand le cerveau semble ne plus rien commander. Nous voyons les cinquante kilos de masse humaine recroquevillée, à la toute fin, comme un retour à la position fœtale. Nous voyons le corps enfin calme, enfin tranquille, sur le lit de mort, au matin du onzième anniversaire de Thomas. Ce sont des images qui demeurent à jamais, qui ne s'effacent pas, qui accompagnent jusqu'au dernier souffle. Nous nous souvenons qu'au début, aux premiers jours, le médecin avait ordonné la prise de corticoïdes.

L'infirmière chef de service, que j'interroge, me répond que les chances de réussite du traitement à la cortisone sont habituellement inférieures à celles du traitement aux immunoglobulines. Elle soupèse : « cinquante-cinquante ». Et je sens bien dans le ton de sa voix, dans son hésitation, dans son souci de gommer toute tentation optimiste, que la balance penche même certainement du mauvais côté. Elle ne cache pas que la cortisone attaque l'organisme, qu'il ne s'agit pas d'une médication neutre, que les hautes doses qui sont prescrites à Thomas ressemblent à un remède de cheval. Elle dit, pour me rassurer : « Ils doivent tout tenter pour éviter l'ablation de la rate, si c'est elle qui est en cause. Ce n'est pas une opération anodine. » Je demande : « Et si c'est le foie qui séquestre les plaquettes ? » Elle ne répond pas. Elle préfère ne pas répondre. Dans son regard, il passe autant de douceur que de douleur. Je retiens mes larmes. Je devine le chemin pavé de supplices qui attend mon frère. Je pose une dernière question : « Et si tout échoue, si tous les traitements, toutes les opérations échouent, que restera-t-il ? Devra-t-il vivre comme un infirme, coupé de tout risque, de tout contact, comme dans une bulle, sous des perfusions interminables, devant éviter tout choc, de peur qu'une marée de sang ne l'emporte ? Est-ce une existence de handicapé qu'on lui prépare ? Il a vingt-six ans. » Elle répond : « C'est une hypothèse qu'il ne faudrait pas exclure. » Je sais que l'autre hypothèse, c'est la mort.

*Le 30 avril,*

Voilà. C'est fait. Il vient d'avaler ses premiers comprimés de cortisone. C'est dans lui, désormais. Il est un autre homme que moi.

Il annonce qu'il a décidé de se soumettre à un régime plus drastique encore que celui qui lui est prescrit, qu'il ne consommera absolument aucun produit à base de sel, qu'il ne veut pas voir son corps bouffi, déformé par la cortisone, qu'il veut bien accepter la maladie (comment faire autrement ?), mais pas la laideur. Il dit qu'il mangera des œufs et du fromage blanc, rien d'autre que cela. Je connais sa volonté. Je sais qu'il tiendra son engagement. J'imagine par avance la terrible maigreur qui va être la sienne. Je ne cherche même pas à le dissuader.

À Thomas qui, ce soir, me demande des nouvelles de « mon couple », je réponds que, Vincent et moi, précisément, nous ne serons jamais un couple. Nous ne serons pas cette chose galvaudée autant que miraculeuse. C'est pourtant à cela que Vincent aspire, sans jamais le formuler de la sorte. Quelquefois, je ressens l'envie de lui proposer de s'en retourner aux filles, à celles qui m'ont précédé, à celles qui me succéderont. Il trouverait plus sûrement avec elles un amour agréable, facile à certains égards, sans exigences excessives, socialement acceptable, sentimentalement rassurant. Il y trouverait peut-être également, avec le temps qui va, les conflits larvés, les agacements silencieux, les guerres muettes et les étreintes réconciliatrices qui réconcilient de moins en moins (mais on s'habitue à la haine quotidienne), les années qui défilent sans qu'on s'en aperçoive, la vie quoi. Non vraiment, je ne sais pas lui proposer cela. Je n'ai pas ce courage, cette abnégation, l'oubli de soi-même absolument nécessaire. J'apprends à Thomas qu'inévitablement, Vincent va partir.

*Le 20 août,*

Il a conservé la maigreur. L'apparence ne s'est pas remise des traitements, des régimes, de l'opération. Quand nous nous promenons sur la plage, il reste habillé, il conserve sur lui un tee-shirt. Je constate qu'il refuse de montrer son corps et je sais que c'est autre chose qu'une coquetterie. Lorsque nous croisons des garçons qui nous ressemblent, son regard s'accroche quelques instants sur l'endroit de leur corps qui est intact en comparaison du sien. Il observe la pureté des corps inentamés, des peaux vierges de toute blessure. Ses yeux envient une musculature. Ses muscles à lui ont fondu. Sur son visage, les os forment une saillie, dessinent des angles. Le nez n'est qu'une arête. Il essaie d'entrer en contact avec le cadavre qu'il sera bientôt. Car il suffirait qu'il s'alimente normalement pour reprendre forme humaine. Mais il s'y refuse. « À quoi bon ? » Du coup, les garçons magnifiques, ceux que nous croisons, le dévisagent avec effroi. Au café du Commerce, sur le port d'Ars-en-Ré, subrepticement, les gens attablés jettent des regards inquisiteurs vers lui, s'inquiètent de son aspect, comprennent que la mort est à l'œuvre, ressentent autant d'épouvante que de compassion. Et moi, je ne dis rien. Je persiste à ne rien dire. Je fais comme si de rien n'était. Je tiens une posture impossible. Le soleil est sur nous.

*Le 21 août,*

Je ne me remets pas à l'écriture de mon deuxième roman. Voilà six mois que je n'y ai pas travaillé. Les mots du livre se sont interrompus d'eux-mêmes, quand la maladie a surgi dans nos existences. Tout à coup, cela a été impossible de continuer dans l'enchantement de l'écriture, dans le bonheur des histoires inventées. Cela m'aurait semblé une indécence. Et puis, surtout, la réalité a pris toute la place et chassé l'imaginaire. Les mots, ils ne peuvent plus servir qu'à dire cette réalité, pour tenter de l'éloigner un peu ou de la contenir. Depuis six mois, lorsque je m'assois devant le clavier, c'est de la maladie dont je souhaite parler, c'est d'elle uniquement dont je puis parler. Alors, j'ai fait ça, abandonner le roman en train de se faire, et j'écris à propos de Thomas, je raconte la vérité pour la première fois, je suis dans le réel. J'ignorais que les mots pouvaient dire le réel.

Je me souviens que c'est à Saint-Clément que j'ai écrit mon premier roman. Je sais ce qu'on pensera : que je n'ai pas su échapper au cliché et on aura sans doute raison, mais il fallait bien un lieu pour commencer, il fallait un endroit pour la « première fois » : c'était là, dans la chambre exiguë des étés de l'enfance, sur un bureau étroit donné par ma grand-mère, plaqué contre la fenêtre où pendaient des rideaux brodés, avec pour seul horizon la mer. C'était là encore, dans le jardin, sous les arbres, sur le fer-blanc, la table en fer-blanc.

En revanche, je ne sais plus comment c'est survenu, l'écriture. Je ne sais pas dater cela, la survenance de l'écriture, le premier mot. Lorsque la question m'est posée, je ne sais pas répondre. Parfois, je réponds que je ne sais pas, que je ne me souviens pas. Parfois, j'invente une date, un nombre d'années. Le nombre est variable. Sans doute n'ai-je pas compris, quand la première phrase s'est écrite, qu'il en viendrait tant d'autres, qu'une aventure commençait. C'est seulement longtemps après que j'ai mesuré la place prise par l'écriture. À ce moment précis, il était trop tard : j'avais perdu la mémoire du commencement.

Mais je saurais affirmer quand a débuté le premier livre. Il y a cette étrangeté : lorsque j'en ai entamé la rédaction, j'ai su qu'il irait jusqu'à son terme, que cela deviendrait un tout, quelque chose avec un début, un milieu, une fin. L'écriture du premier livre a été merveilleuse. Cela a été le plus grand bonheur. Un bonheur incomparable, je veux dire : à quoi rien ne se compare, auquel je ne compare pas, par exemple, le bonheur de l'amour pour certains garçons. Je me souviens d'instants d'une grâce indépassable dans une solitude insondable.

*Le 5 mai,*

Pour la première fois, il montre une exaspération. Il dit qu'il ne supporte plus ces nuits d'hôpital, où on s'endort si tard, dans une moiteur étouffante, entre des draps rugueux, au milieu des plaintes, des râles, des toux, des ronflements, des cris lancés pendant les cauchemars, où on est réveillé si tôt, pour rien, les urines, la température, le pouls, les biscottes sans sel d'un misérable petit déjeuner, comme si tout cela ne pouvait pas attendre un peu. Il dit qu'on ne peut pas trouver le repos malgré l'inactivité, les journées entières passées au lit, qu'on accumule une fatigue à laquelle les gens ne parviennent pas à croire, que le corps est affaibli par cet épuisement de l'ennui et des nuits trop courtes. Il dit aussi qu'il a le sentiment très précis de l'enfermement, qu'il se considère comme absolument abandonné, coupé du monde des vivants, retranché du dehors, retenu prisonnier. Il dit qu'il ne serait pas surpris, s'il lui prenait l'envie de se lever à la nuit tombée, de trouver les portes fermées à double tour. Parfois, il lui semble, dans son sommeil, entendre un bruit de clés, rebondissant sur la hanche d'un promeneur dans le couloir désert. C'est sa façon à lui de dire sans l'avouer qu'il a compris qu'il ne dispose plus de lui-même, que sa liberté de se déplacer comme celle de choisir son propre sort lui ont été retirées. Il dit encore que les ciels les plus bleus paraissent grisâtres à travers les fenêtres de sa chambre parce que leur éternelle saleté tamise la lumière. Il dit que, sur la douzaine de malades hospitalisés dans son service, neuf au moins – il a compté – sont âgés de plus de soixante-dix ans, que l'un d'entre eux a même dépassé les quatre-vingt-dix ans. Il dit que la vieillesse est un naufrage, que ces vieillards sont des naufragés, qu'il ne sert à rien de persister à rester en vie si c'est pour devenir ça, ces débris, ces humains hargneux, acariâtres et sales. Il dit que même les visites, il lui arrive de ne plus les supporter, parce qu'il lui semble qu'on le visite comme on le ferait d'un prisonnier. À la fin de ce monologue désordonné, il dit que ce qu'il redoute plus que tout, c'est l'altération physique. Moi, je comprends que tout vient de là, sans doute, que l'énervement s'explique par cette peur dont j'ignore l'origine. La peur de la dégradation de l'apparence, de la perte de l'intégrité. C'est sur cette peur qu'il se tait, qu'il s'en retourne au silence, à une sorte de prostration, d'abattement. Dans le silence revenu, je me souviens de chacun des mots prononcés. Je trouve une chaise où m'asseoir.

*Le 8 mai,*

Les premiers résultats sont encourageants. Le nombre des plaquettes est remonté un peu, tout en demeurant très éloigné des minima qui assureraient une existence normale. Quand notre mère, à qui les résultats viennent d'être communiqués, entre dans la chambre, on voit tout de suite qu'elle a composé son visage des grands jours, celui où l'optimisme est décrété. Elle se force à sourire, d'un sourire trop large, qui se rapproche du rire, parfaitement incongru dans ce genre d'endroit et compte tenu des circonstances. On serait disposé à mettre sur le compte de sa douleur intime cet égarement, ce décalage malsain. Mais voilà qu'elle se croit autorisée à crier victoire, contre les évidences. Elle emploie des expressions qui ne sont pas les siennes, qu'elle a dû lire dans quelque magazine féminin. Elle parle de reconquête, de « phase de recouvrement ». C'est un charabia ridicule et déplacé. On est gêné pour elle. On préférerait qu'elle ne dise rien. Mais emportée par son élan, elle commet l'inévitable gaffe. Elle prononce cette phrase : « Je vous le dis : on va guérir. » Cette phrase est d'abord accueillie dans un silence presque total, à peine le bruit que ferait un château de cartes qui s'écroule. Toutefois, chacun comprend que ce silence précède un orage, qu'un impair a été perpétré. Chacun voit que la sottise énoncée par notre mère irrite Thomas au plus haut point. On voudrait être capable de créer une diversion, mais c'est inutile : le courroux, si longtemps retenu, doit finalement s'exprimer. Thomas commence sur un petit braquet : Non, on ne va pas guérir ; en tout cas, personne, aujourd'hui, n'est en mesure d'affirmer cela. À quoi sert de mentir ? de se mentir ? A-t-on besoin de se rassurer, de s'acheter un peu de repos de l'âme avec de la fausse monnaie ? Ou alors quoi ? Ce mensonge idiot, indécent, est-ce une pauvre manière d'échapper au désespoir ? On sent que cela monte, que l'explosion de colère est proche. Il dit qu'il n'admet pas l'emploi du « on ». Quoi ? « On » va guérir ? Qui ? Elle ? Elle est malade ? C'est quoi ce besoin biscornu de s'approprier un mal qui n'est pas le sien, dont elle ne sait rien ou presque, dont elle ne mourra pas ? Il n'a pas envie qu'on lui parle comme à un enfant demeuré ou comme à un infirme. Avant qu'il ait fini sa diatribe, la mère a quitté la chambre en pleurant. Thomas cesse le combat, faute de combattant. Il a, sur le bord des lèvres, toutes les rancunes de l'enfance.

*Le 12 mai,*

Le médecin annonce la première bonne nouvelle. Il dit que Thomas est autorisé à sortir, que le traitement à la cortisone peut se poursuivre sans l'assistance ni le contrôle du milieu hospitalier. Les premières réactions sont, en effet, suffisamment positives pour qu'on autorise une semi-liberté. (À part moi, je songe qu'on doit avoir besoin de lits : la médecine, aussi, a ses impératifs de rentabilité.) Il s'agit simplement de ne pas oublier d'avaler matin, midi et soir ses comprimés. Le médecin fixe un rendez-vous dans deux semaines pour évaluer les effets du traitement. Dans l'intervalle, toutefois, il exige de la vigilance et du repos. Il interdit tout effort, tout mouvement violent, tout déplacement. Il demande qu'on appelle l'hôpital si la moindre anomalie survient. C'est sans doute ce qu'on appelle une libération conditionnelle. Ou une confiance mesurée.

*Le 15 mai,*

En rentrant hier soir dans mon appartement, j'ai aperçu d'emblée qu'il manquait quelque chose. C'est cela qui m'est venu à l'esprit en premier : il manque quelque chose. J'ai contemplé un paysage clairsemé. Je n'ai pas pensé : il manque quelqu'un. Ce n'est pas le défaut d'une présence qui m'a frappé : c'est la disparition de meubles. Les affaires de Vincent n'étaient plus là. Le garçon aux taches de rousseur et aux yeux très bleus a donc fini par partir. Il a tout emporté de ce qui lui appartenait. Il n'a rien laissé. Rien, vraiment : j'ai inspecté. Comme si ne devait subsister aucun signe de lui, aucune trace de son passage. Il n'a pas laissé de mot non plus, pas la moindre lettre. Il est parti dans un silence total. Il a fait place nette. Une fin très propre.

*Le 20 mai,*

Thomas dit que le traitement lui est douloureux, d'une douleur que personne ne peut comprendre si on ne l'a pas soi-même éprouvée au moins une fois dans sa vie, une douleur qui ne se partage pas, incommunicable. Il dit qu'il lui semble observer l'action de la cortisone sur son organisme comme on observe des impacts de balles, qu'il sent très nettement des brûlures, à certains moments presque intolérables, dans son estomac, qu'il ne peut pas ne pas voir que le corps est malmené, que la peau est ravagée. Il dit qu'il ne supporte plus son visage dans la glace, la purulence, les saignements, la dégradation de son apparence. Il constate la maigreur à laquelle il a pourtant consenti, qu'il a recherchée du fait du régime draconien auquel il s'astreint, qui dépasse la prescription médicale et qui l'affaiblit considérablement. La pesée du soir montre qu'il a perdu sept kilos en un mois. Il se déplace à pas comptés, comme un vieillard. Le matin, il se réveille dans des draps tachés de sang. Je le regarde et je ne parviens plus à distinguer celui qu'il a été. Même les yeux clos, je ne parviens plus à capter l'image de la beauté de Thomas, sa beauté d'avant. Je contemple un spectacle effrayant, celui d'un jeune homme qui se détruit, se décharne, qui s'éloigne des vivants. Il me semble que je peux observer sur lui les progrès de la maladie, alors qu'il ne s'agit que des effets de la médication. Je vois la pourriture gagner, alors qu'il me suffirait d'admettre les conséquences prévisibles d'un traitement sans doute justifié. Quand je change ses draps, je ne peux m'empêcher de penser que le sang contient un morceau de sa vie. Je m'essaie à ne rien montrer mais Thomas dit qu'il lit sa propre dégradation dans mes yeux. Il dit que de lire cela lui est tout à fait insupportable, qu'il lui était possible d'accepter la maladie tant qu'elle ne se manifestait pas extérieurement mais qu'il n'y arrive plus si tout son être exhibe le mal dont il est atteint. Je sais qu'il ne s'agit pas d'une affectation, d'un caprice, et qu'il convient de ne pas prendre à la légère son malaise, son désarroi. Et je ne peux pas lui mentir. Je lui confirme qu'il est assailli par la laideur, la déformation, qu'il n'est déjà presque plus reconnaissable. Ma déclaration à peine achevée, il m'annonce sa décision d'interrompre immédiatement le traitement à la cortisone. Il connaît les dangers auxquels il s'expose, inutile de les lui rappeler. Mais il veut lui-même rappeler à quel point il a été docile jusqu'ici : il s'est plié sans mot dire à tous les traitements et examens, il a cru ce qu'on lui disait et n'a pas cherché à débusquer ce qu'on lui cachait, il a été un malade irréprochable, discipliné, un morceau de viande qu'on taille à sa guise. Il a accepté de n'être rien d'autre que cela entre les mains des mandarins, de renoncer à toute pudeur, toute dignité parfois, d'être exposé comme un objet de science à des étudiants indifférents. Il estime en conséquence avoir droit à une incartade, à manifester sa liberté. Sa décision n'est pas discutable : je ne la discute pas. Je prie pour qu'aucune hémorragie ne survienne.

*Le 24 août,*

Un vieillard vient à nous. Tout le corps est courbé, fourbu. Il plie sous le poids des années. C'est un corps incroyablement maigre, comme s'il ne contenait que de la peau et des os, c'est ça : comme si tous les muscles en avaient été retirés, et qui se déplace avec une infinie lenteur, menacé à tout instant de se briser ou d'être emporté. Les cheveux sont blancs, d'une blancheur immaculée, et très fins. Ils volent dans le vent, donnant au vieillard un air de fou, de sorcier. Quand il s'approche et que nous pouvons enfin distinguer son visage, nous voyons qu'il est déchiré de rides, et lui aussi d'une maigreur effrayante.

Mais ce qui frappe, c'est l'éclat du regard, un diamant bleu. C'est cela qui retient l'attention, cette extraordinaire acuité du regard, l'intelligence vive qui s'en dégage, quelque chose qui plonge au fond de nous, et qui dément la vieillesse, qui veut nous dire que la carcasse n'est qu'une apparence et qui demande qu'on aille au-delà des apparences. Les yeux pétillent, éclairent le visage, font oublier le corps.

Il s'assoit sur le banc devant notre maison, où nous sommes nous-mêmes assis. C'est un exercice douloureux qui lui arrache des grimaces. Nous ne l'avons pas prié de se joindre à nous et c'est pourtant ce qu'il fait, comme si nous l'attendions, comme si sa visite était programmée, ou comme si nous étions des connaissances. Nous ne prononçons pas un mot. Nous contemplons le vieillard qui s'assoit à nos côtés. Il s'écoule plusieurs minutes avant qu'il ne prenne la parole. Car tout d'abord, il ne dit rien. Il est assis à côté de nous, dans le silence du ressac, dans la tranquillité ensoleillée d'un après-midi d'été.

Quand il se décide enfin à prendre la parole, à troubler le ronronnement léger de la mer qui roule ses vagues, c'est pour nous confesser que cela fait plusieurs jours qu'il nous observe. Il dit cela, qu'il nous a épiés depuis plus d'une semaine, que c'est à cela qu'il a occupé son temps. Il dit qu'il a l'impression de l'avoir fait toute sa vie, regarder les gens, mais que depuis sa retraite, c'est devenu l'unique objet de son existence. Il ne demande pas si son passe-temps nous gêne. Non, visiblement, ce n'est pas son problème. Pour lui, il semble s'agir d'une occupation naturelle, normale, qui ne suppose pas qu'on s'en excuse, ou qu'on l'explique à ceux qui en sont l'objet. Il ne voit pas que cela soit choquant. Et puis, il l'a dit, c'est toute sa vie : on ne s'excuse pas de ce qui fait sa vie. Du reste, nous ne lui en voulons aucunement. Nous croyons à son innocence, à la pureté de son activité. Et le regard d'un vieillard, *a priori*, n'est pas inopportun.

Il affirme d'emblée que nous sommes frères, qu'il l'a compris presque tout de suite. Au tout début, tout de même, il a pensé que nous étions peut-être des amants, mais cette idée lui est passée très vite. Il dit que des amants auraient d'autres gestes, qu'ils se toucheraient autrement que nous le faisons. Ce n'est même pas une question de sensualité. Ce n'est pas parce que nous ne nous embrassons pas. Non, c'est autre chose. Il y a chez les amants une frénésie ou, à l'inverse, une lassitude qu'il n'a pas perçue chez nous. En revanche, il a noté nos similitudes, la complémentarité de nos gestes. Il en a déduit que nous nous connaissions d'éternité. C'est seulement chez ceux qui se pratiquent depuis toujours qu'on observe cette symbiose. Il n'y a pas d'erreur commise. Il y a une absolue certitude de faire le geste parfait. Il y a cette habitude de l'autre, indépassable, qui ne trompe pas. Et puis, il y a cette absence d'ambiguïté dans le frôlement des corps, qui achève de convaincre qu'il n'y a pas d'enjeu de chair, mais simplement une affection totale, intègre de chacun pour l'autre.

Nous l'écoutons, sans pouvoir prononcer un mot, gênés peut-être, émus à n'en pas douter. Et soudain, je me risque : « La ressemblance, tout de même, a dû vous aider un peu, vous mettre sur la voie. » Il dit : « Quelle ressemblance ? En tout cas, pas celle que vous offrez aujourd'hui, qui s'est effacée. » Il dit que la ressemblance qu'il voit, c'est celle qu'il imagine, celle de l'enfance, qui a disparu. Il dit que nous avons dû être presque identiques, au point d'être difficiles à distinguer mais qu'aujourd'hui, ce n'est plus comme ça. Il dit qu'on ne peut pas ignorer la mutilation du corps de Thomas, les attaques qu'il a subies. La maigreur, elle n'est pas naturelle : c'est celle de la maladie, ou de la vieillesse. Il dit que, d'une certaine manière, son corps à lui est plus proche de celui de Thomas que ne l'est le mien. C'est un organisme agressé, amoindri, dont les tissus, les os sont usés alors que, moi, je resplendis de santé. Il dit que je suis la vie alors que Thomas est déjà dans la mort, que ma jeunesse est éclatante quand le corps de mon frère tente par tous les moyens d'entrer en contact avec le cadavre qu'il deviendra immanquablement. Thomas ne quitte plus le vieillard des yeux, comme s'il était hypnotisé. Sur son visage, j'aperçois un sourire discret et je comprends que rien, dans le discours du vieil homme, ne le dérange. Moi, je pourrais presque pleurer.

Alors, le silence revient pour de bon, comme après les confessions à l'église. Nous n'entendons plus que le bruit du ressac, le cri des enfants au loin sur la plage, la corne d'un bateau qui rentre au port. Au bout de quelques minutes, le vieillard se lève et reprend son chemin, très lentement, en direction de la Conche. Au détour de la route, il se tourne vers nous deux, demeurés assis sur notre banc. Il nous apprend qu'il reviendra demain.

*Le 26 mai,*

La dégradation paraît avoir été enrayée. Mon frère a coupé ses cheveux, exposé son visage au soleil, laissé pousser une barbe, s'est habillé de couleurs claires, de vêtements légers, a recommencé à s'alimenter presque normalement. Il revient dans le monde des vivants. Pourtant, il est certain qu'il doit désormais regagner l'hôpital. L'interruption du traitement a nécessairement causé une nouvelle chute du nombre des plaquettes sanguines. L'amélioration n'est d'évidence que celle de l'apparence. À l'intérieur, la maladie a dû reprendre sa sale besogne. Il ne me faut pas longtemps pour convaincre Thomas du bon sens de mes remarques. C'est à la fatigue qu'il cède, à la résignation, comme à chaque fois. Il admet que j'ai raison : il ne cherche pas à se battre. Mais il ne se battrait pas même si j'avais tort. Il accepte de revenir sur-le-champ à l'hôpital, de s'en remettre aux médecins. Ceux-ci ne sont pas tendres avec lui. Ils l'accablent de reproches, pointent son irresponsabilité, exigent des explications qu'ils n'écouteraient pas s'ils laissaient à Thomas le temps ou l'opportunité de les leur fournir, se prétendent floués, « eux qui lui faisaient confiance, qui croyaient qu'ils avaient affaire à un malade intelligent ! ». Tout y passe. Et moi avec. Ma complicité a-t-elle été passive ou active ? Suis-je aussi stupide que lui ou encore un peu plus ? Nous les écoutons, sans rien leur répondre. Notre culpabilité est avérée mais nous ne songeons pas à nous en excuser. Nous étions préparés aux remontrances qui nous sont servies. Nous les accueillons avec une sorte d'indifférence. Nous savons qu'il ne sert à rien de parler, que personne ne nous entendra. Nous observons la comédie de la furie du corps médical, qui n'est qu'une manifestation supplémentaire de sa puissance et de son savoir. Nous sentons que c'est le besoin d'asseoir ce pouvoir qui s'exprime. Nous laissons les médecins à leur grandeur courroucée. Thomas regarde par la fenêtre de sa chambre. Il est déjà ailleurs.

Les résultats sont catastrophiques, pires que jamais. Neuf mille plaquettes. Mes mauvais pressentiments étaient fondés. L'infirmière qui vient délivrer cette information prévient que les tests vont être refaits tant ils paraissent « incroyables ». L'humour est presque délicieux lorsqu'il est à ce point involontaire. Dans un raccourci saisissant, je me remémore les premiers résultats, ceux de la première prise de sang, il y a de cela près de trois mois : ils étaient en effet largement supérieurs. Je me demande alors à quoi ont servi tout ce temps, toutes ces douleurs, ces contraintes, tous ces traitements, ces asservissements, les fatigues et les espoirs, les gouffres et les rémissions, les jours pleins d'ennui et les nuits sans sommeil, les flacons d'immunoglobulines et les comprimés de cortisone, les encouragements et les reproches, les silences et les larmes retenues. Je n'en retire que le sentiment amer d'un temps perdu, gâché. Je songe également aux mots de

Thomas, au tout début de son aventure, sa certitude irrationnelle mais absolue de ne pas guérir, de ne pas s'en sortir. Je constate que, pour le moment, les faits s'acharnent à lui donner raison. Combien de jours, depuis que la maladie s'est déclarée, avons-nous cru à la guérison ? Une dizaine, guère plus. Sur une échelle statistique, cela place l'espoir assez bas. Quelques heures plus tard, c'est le médecin qui se présente devant Thomas. Il a la mine grave des nouvelles difficiles à annoncer. Sa voix est basse, lente. Il cherche ses mots. Il précise qu'il ne souhaite pas revenir sur l'incident que Thomas a créé en arrêtant le traitement qui lui avait été ordonné mais il indique toutefois, pour enfoncer le clou, que l'effondrement « brutal, spectaculaire » des plaquettes est la conséquence directe de cet acte « irresponsable et dangereux ». Il dit qu'il convient désormais d'employer les grands moyens, de décréter un « branle-bas de combat ». Ce charabia guerrier a des accents ridicules. Thomas devra demeurer hospitalisé jusqu'à nouvel ordre. Aucune date n'est fixée pour une libération éventuelle. L'horizon se bouche d'emblée. Commencer par cela semble être la réponse du berger à la bergère, la punition de l'élève qui a fauté. Le traitement aux corticoïdes va être repris immédiatement puisqu'il n'a pas démontré qu'il avait échoué. Pan sur les doigts ! Si vous aviez appris vos leçons, vous n'auriez pas un zéro pointé. Ce traitement se poursuivra peut-être sous la forme de perfusions à haute dose. C'est à cette occasion que nous apprenons le joli mot de « bolus ». Un frisson court le long de ma colonne vertébrale alors que j'imagine ce que peut signifier l'injection par intraveineuse de cortisone. Par ailleurs, à partir de demain et pour quatre jours, il sera procédé à une scintigraphie, c'est-à-dire à une exploration de la rate et du foie. Ainsi, nous déterminerons, de l'une ou de l'autre, lequel séquestre les plaquettes. S'il s'agit de la rate, une splénectomie (« une ablation de la rate », répond-il aux ignorants que nous continuons d'être) sera pratiquée. Nous ne cherchons pas à savoir ce qui se passera s'il s'agit du foie, cette hypothèse ne nous étant nullement détaillée. Tout cela, en tout cas, ressemble comme deux gouttes d'eau à une procédure d'urgence. Ah ! il allait oublier. Des examens approfondis vont être effectués dans l'heure qui vient, pour s'assurer que Thomas n'est pas sujet à une hémorragie interne qui n'aurait pas été détectée. Et il semble que cette information doive être le coup de grâce. Mon frère ne réagit pas. Il a choisi d'obéir. Mais déjà, dans la noirceur de son regard, dans le serrement de sa mâchoire, je devine que surviendra immanquablement un temps où il cessera d'obéir.

Au moment de l'annonce à nos parents, la voix de Thomas est presque enjouée. En retour, celle de ma mère est délestée de toute trace d'angoisse. Les ressources inépuisables des acteurs.

*Le 25 août,*

Le vieillard est revenu. C'est le même pas lent, la même apparence incurvée. Je cherche à deviner à quoi il pouvait bien ressembler dans sa jeunesse. J'essaie de savoir si le port était altier, si la démarche était assurée. Je crois que la maigreur était déjà là, la sécheresse du corps, la légèreté de l'armature. Je devine que la peau était fine, où affleuraient les veines. J'imagine sa beauté vraisemblable, une allure un peu insolente, un charme sûr de lui-même. C'est dans les yeux, cette insolence, cette assurance. C'est dans la couleur bleue des yeux. Je puis me tromper, bien entendu, et cependant, il me semble que ce regard fixe, qu'on sait à peine soutenir, cet air fier, je les ai aperçus sur les photos noir et blanc de l'entre-deux-guerres. Cette droiture magnifique, c'est celle des jeunes hommes qui s'en allèrent mourir au front. La voix d'aujourd'hui est chevrotante, mais jamais hésitante. Elle traduit la vieillesse mais en aucun cas un amoindrissement des facultés.

Et sans que nous lui ayons rien demandé, sans qu'il ait rien pu deviner à l'évidence du cheminement de ma pensée, le vieillard remonte l'Histoire pour raconter la sienne, pour parler de sa propre vie. D'emblée, Thomas le considère avec un intérêt absolu, comme si rien ne comptait davantage que d'écouter le vieil homme parler de son passé. D'abord, il dit qu'à quinze ans, comme tout le monde, comme tous les jeunes garçons de son milieu (il ne précise pas quel est ce milieu mais nous devinons que celui-ci était modeste), il s'en est allé travailler dans les marais salants. C'était alors la première « industrie » de l'île, celle qui la faisait vivre. Le sel a façonné l'histoire de l'île. Il est là, « dès les commencements ». Le sel est ce à partir de quoi l'île s'est construite, d'après lui. Il dit : « Les marais, c'était une évidence pour nous autres. » Nous le croyons puisque nous ne savons rien de ce passé. Nous le croyons parce que ce passé, il n'est que les vieux pour le dire et que les jeunes pour les croire sans rien remettre en cause de leur récit. Il évoque le travail salicole, le charroi, le mesurage, la mise en sac du sel. Il évoque les heures entières, les bras tendus tirant le sel, sur le rebord des marais. Il parle d'un travail pénible. Beaucoup d'hommes, et parfois parmi les plus costauds, renonçaient. Il fallait beaucoup d'application, et du courage. Et puis, c'était ça ou le désœuvrement, ça ou l'exil même parfois. Sa voix tremble : on y entend autant d'émotion que de colère. On ne saurait dire si le vieil homme a aimé les travaux salicoles. Sans doute y avait-il autant d'amour que de haine dans tout cela.

Il nous apprend ensuite que la saliculture est devenue moribonde avant la guerre. Tout s'est fait rapidement. Personne n'avait pensé que cela pourrait disparaître aussi vite. Des existences entières ont été chamboulées. Des habitudes se sont perdues. Des avenirs se sont obscurcis. Des routes toutes tracées sont devenues des voies sans issue. Il dit que l'abandon du sel a été un déchirement pour lui, une blessure d'autant plus vive qu'elle était inattendue. Il doit interrompre son récit pour ne pas sangloter. Il pourrait pleurer sur sa jeunesse égarée, une histoire vouée à l'oubli, ses quinze ans saccagés. Il lui faut plusieurs minutes avant d'être en mesure de reprendre le fil de son récit. Sur le visage de Thomas, je vois la prostration, et un léger tressaillement qui dit l'émotion. Soudain, leurs deux visages se ressemblent et cette similitude me décontenance.

Il dit alors que c'est la pêche qui a remplacé le sel dans sa vie. Dans une île, on en revient toujours à la mer, à ce qu'elle propose. La pêche, c'est l'autre évidence de l'île. Mais lui n'a pas voulu travailler pour l'usine à sardines. Tant qu'à travailler dur, autant le faire à l'air libre. Et puis, il ne voulait pas être ouvrier. Il voulait être pêcheur, c'est autre chose vraiment. Ce sont les femmes qu'on envoyait à l'usine : les efforts y étaient moins pénibles, les gestes plus simples. Il n'y a pas une once de mépris ou de misogynie dans le ton de sa phrase. Il parle même du respect que chacun éprouvait pour les « sardinières ». Lui, il a d'abord fait le triage et le ramassage des huîtres. Un travail de Romain, un boulot où on se casse le dos, où on s'abîme les mains, quelque chose qu'on fait quand on a seize ans et des épaules, quand on ne sait rien faire d'autre. Plus tard, il s'est livré à la pêche à la sole et au turbot à marée basse. Il a aussi relevé les filets dans lesquels on attrape les bars. Ce sont les bras qui travaillent. Il ne faut pas penser que c'est de tout repos. Le soir, on rentre chez soi, épuisé, avec pour seul désir celui de dormir, de s'écrouler dans son lit. Il se souvient de s'être réveillé certains matins avec les bottes encore aux pieds. Il dit également que l'odeur du poisson est tenace, qu'elle devient une compagne, qu'on finit par s'y habituer, ce qui n'empêche pas de la détester le plus souvent. Mais c'étaient des années heureuses : c'étaient les années de la jeunesse.

À vingt ans, il a commencé à pêcher en mer, sur les bateaux. Il évoque l'émerveillement du bateau qui se prépare à partir en mer au tout petit matin, quand le jour n'est pas encore levé, le quai désert, brumeux comme dans les films d'avant-guerre, une agitation silencieuse, les hommes qui se croisent sans rien se dire, qui fument une cigarette dans l'attente du départ, les conversations chuchotées avec les épouses ou les mères venues accompagner celui qui s'en va et qui ne reviendra que dans quelques jours ou quelques semaines, une tension dans l'air presque inexplicable, les derniers moments sur la terre ferme, les muscles qu'on bande, une émotion aussi comme si on redoutait de ne pas revenir, les yeux tournés vers les cieux pour déterminer s'ils seront cléments, une prière qu'on fait pardevers soi, l'image d'un visage qu'on tient à emporter, un cérémonial en somme. Le vieillard raconte la sirène qui retentit, le bateau qui quitte le quai très lentement, les hommes qui se rassemblent, les regards qui s'échangent, la main de l'un qui frôle le visage de l'autre, des gestes intimes. Il dit qu'il y avait là des vieux édentés, à la peau ravagée par les années et les embruns, des costauds dans la force de l'âge, face rougie par la consommation d'alcool, des jeunes hommes comme lui, un peu effrayés, visage imberbe, bras intacts. Il évoque une communauté économe de mots, précise dans ses mouvements, régulière dans ses efforts, endurante. Pas une plainte, seulement des altercations parfois. Pas de tendresse, mais des amitiés indéfectibles. Juste quelques hommes et la mer. Quelques hommes et l'ennui des eaux calmes, des mers d'huile. Quelques hommes et la peur invisible des mers démontées, de l'océan en furie. Quelques hommes concentrés sur leur mission : ramener le poisson. Et rentrer au port, au jour dit, sains et saufs, retrouver une compagne, une maison, la chaleur d'un lit. C'étaient des vies simples : c'étaient des vies heureuses.

Et à nouveau sans que rien ne nous y ait préparés, le vieillard interrompt brutalement son récit. C'est tout pour aujourd'hui. Cela suffit. Il se lève péniblement, reprend sa marche lente, nous salue du coin de l'œil. Sur son visage, on croit distinguer un sourire. S'agirait-il d'une connivence, d'une reconnaissance (mais de quoi ?), de la trace d'un plaisir ? Aucun de nous ne s'aventure à parler de ce sourire. Nous demeurons silencieux. C'est le silence d'un profond recueillement, le silence de qui savoure une paix intérieure inespérée. Et tout à coup, Thomas saisit ma main. Sa main gauche enserre ma main droite. Je sens une pression douce, puis un relâchement. Les mains restent jointes. Je regarde droit devant. Je crois qu'il pleure.

*Le 26 mai, le soir,*

Je l'attends. Désormais, je ne fais plus rien d'autre que cela. Je reste dans sa chambre. Je regarde le creux que son corps a imprimé sur les draps, je vois la montre que je lui ai offerte, posée sur le petit meuble roulant en Formica blanc (et il s'en faut de très peu que la simple vision de cette montre m'arrache des larmes), le deuxième tome de *La Recherche* ouvert, retourné sur son fauteuil, j'aperçois un tee-shirt abandonné dans un coin de la pièce, que je ramasse, où je retrouve son odeur. Dans le spectacle de son absence, c'est sa présence que je reconnais. Je pense qu'il en va ainsi, sans doute, après la mort des autres, ceux qui nous étaient proches, lorsque arrive le temps du deuil. Je pense que c'est grâce à leurs objets familiers, grâce aux traces qu'ils ont laissées, le plus souvent involontairement, qu'on les rejoint le plus facilement. Je pense au moment où je n'attendrai plus Thomas.

Il doit d'abord patienter dans le long couloir de linoléum beige, sur un des fauteuils orange. Il me semble que je l'imagine : torse en avant, penché vers le sol, jambes écartées, visage presque entre les genoux, yeux fermés, comme un athlète qui se concentre, un footballeur avant un match ou comme un ivrogne prêt à vomir. Lui, il ne se concentre pas. Non, il fait le vide, il ne pense à rien, il ne se prépare pas à ce qui va lui arriver. Il devient absent à lui-même. C'est sa façon de n'être atteint par rien. Et puis, une femme se présente pour le prier de la suivre. Il ne l'aura pas entendue venir. Ses pas auront été amortis par le linoléum beige, et par l'habitude. La femme le conduit jusqu'à la salle d'examen, celle qui est au fond du couloir, sur la gauche. La pièce est étroite, mal éclairée. On suppose que la faiblesse de l'éclairage est voulue, que cela est censé aider aux examens qui doivent être pratiqués. Une autre femme est assise là, elle prépare des ustensiles, des liquides, elle ne le salue pas, ne lui demande pas de s'asseoir, s'étonne qu'il ne le fasse pas de lui-même, glapit un ordre afin qu'il s'y décide enfin et s'en retourne à ses ustensiles, à ses liquides. Il est tard. On a dû lui commander de rester, pour examiner ce patient récalcitrant, désobéissant, qui n'est sans doute atteint d'aucune pathologie mais qu'il faut bien punir d'une manière ou d'une autre. On n'a pas eu besoin de lui suggérer de le battre froid : elle s'y emploie très bien toute seule. Vous pensez : elle avait prévu de rentrer chez elle à six heures ! Soudain, elle fait face à Thomas : leurs yeux se rencontrent, leurs haines aussi. Il aura mal.

« Alors, il faut vérifier qu'il n'y a pas d'hémorragie interne ? Eh bien ! vérifions. » Elle indique qu'elle va pratiquer un fond d'œil, déposer un liquide sur sa cornée. Il va ressentir une sensation de froid. Il doit tâcher de garder les yeux ouverts. Très vite, sa vue va se brouiller, c'est normal, il n'y a pas à s'inquiéter. Elle verse le liquide et Thomas ferme les yeux : le liquide roule sur ses joues. Elle lui demande à quoi il pense. Il n'a pas compris ce qu'elle lui a dit ou quoi ? Elle répète. Elle n'a pas que ça à faire. Elle essuie du revers d'un coton la joue balafrée du liquide qui s'est perdu. Elle recommence son geste. Thomas ferme les yeux. Le liquide s'écoule sur le côté de son visage, jusqu'au lobe de son oreille. Elle a raison : c'est froid, mais déjà moins qu'à la première tentative. Elle est au bord d'exploser, elle contient avec difficulté sa rage, sa détestation de lui. Il a rouvert les yeux. Il la regarde fixement sans rien lui dire. Il ne s'excuse pas. Il est en rébellion. Les révoltes de Thomas sont muettes. Elle se prépare à une troisième tentative, après avoir repris son calme. Elle explique que c'est pour lui qu'on fait tout ça, pas pour elle, qu'elle, elle s'en fiche, elle a d'autres patients qui l'attendent (tu parles !), que s'il ne veut pas se discipliner « un tant soit peu », elle ne le forcera à rien. Elle approche sa main de son visage. Elle n'a même pas accompli le geste de viser la cornée que déjà Thomas a fermé les yeux. Elle renonce. Elle indique qu'elle établira un rapport. Il peut regagner sa chambre. Il se lève en silence, sort de la pièce sombre, referme la porte derrière lui et revient là où je l'attends. J'aperçois une trace de liquide séché sur son visage. Je lui demande si ça va. Il répond qu'il n'y a pas d'hémorragie. Il sait que demain, le médecin ne lui parlera de rien, qu'il n'oserait pas.

*Le 27 mai,*

Ils accèdent à la demande de Thomas, sans barguigner, sans même discuter, comme si, tout à coup, il importait de répondre favorablement aux requêtes d'un patient qui leur échappe, dont ils perdent progressivement la maîtrise, comme si ses rébellions méritaient d'être entendues, comme si, au jeu du plus fort, c'est lui qui pouvait gagner, mais en réalité, c'est simplement parce qu'ils sont presque certains que c'est la dernière fois qu'il joue. On lui répond « oui », immédiatement « oui », lorsqu'il requiert ma présence à ses côtés pendant la scintigraphie. Moi, je n'ai rien demandé, rien voulu, mais je le suis, je le suivrai jusqu'à la fin, quelle que soit la fin.

La pièce est aseptisée, froide, technologique. Les gestes sont sûrs, rapides, silencieux. L'instant est solennel. Je me tiens debout, contre un mur. De là où je me trouve, rien ne peut m'échapper du spectacle. Je vois l'endroit où on va le prier de s'allonger, les appareils qui vont le cerner, les écrans sur lesquels seront projetées ses images, le pupitre où les infirmières prennent place.

Lorsqu'il pénètre à son tour dans la pièce, il est nu. Ils l'ont fait se déshabiller. Je suis frappé par cette nudité que, pourtant, je connais bien, comme si le corps de mon frère que j'ai serré si souvent, que j'ai combattu, contre lequel je me suis blotti, que j'ai vu se transformer avec les années était soudain un corps étranger, uniquement dédié à la médecine, livré à l'observation scientifique, un objet. Ils le font s'étendre, dos contre le métal de l'appareillage futuriste, visage tourné vers les hublots noirs de la photographie. J'observe la peau qui frémit. J'ignore quelle est la part du froid métallique et quelle est celle de la peur dans ce frémissement. J'observe son sexe posé sur le lit des poils du pubis, la forme oblongue couchée sur le flanc en direction de la hanche gauche, la chair douce et fragile. J'observe le rythme de sa respiration dans le dessin des côtes, la nervosité dans l'agitation des mains. On lui indique qu'on va faire descendre deux tubes d'un diamètre de quinze centimètres et les apposer à l'endroit de sa rate et de son foie, qu'on tracera au feutre noir, à même sa peau, des pointillés afin que ces endroits soient localisés exactement pour les examens des prochains jours. Et, en effet, les tubes se déplient, convergent vers son ventre. Lorsqu'ils le touchent, le frémissement réapparaît. On dessine les pointillés et les tubes se relèvent, sans que j'aie pu apercevoir qui les manœuvre. Désormais, sur lui, il y a ces tracés bizarres, des repères. Lorsqu'ils plantent l'aiguille pour pratiquer l'intraveineuse, la douleur le fait grimacer. Une infirmière lui indique d'une voix douce, presque amicale, que l'iode peut provoquer un choc allergique mais qu'il ne doit pas s'inquiéter : ils sont « équipés pour faire face à tout type de situation ». Le liquide s'insinue, envahit les organes à photographier. Nous entendons à intervalles réguliers le claquement de clichés qu'on prend. On lui demande d'arrêter de respirer, puis de respirer à nouveau, de se tourner sur le côté puis de reprendre sa position initiale. Thomas s'exécute. Sur les photos, j'aperçois des formes fabuleuses, des éclats de blanc sur fond noir qui paraissent tout droit sortis de manuels de sorcellerie. Mon frère, lui, ne peut rien voir, que les hublots au-dessus de sa tête. Cela dure longtemps. Peu de mots sont prononcés. Juste l'essentiel, le minimum. Enfin, on vient retirer l'aiguille de son bras, on lui précise qu'il peut se relever et aller se rhabiller. Il devra revenir demain. L'examen, en effet, se répète quatre fois, pendant quatre jours, afin qu'on puisse « dégager des évolutions ». Quand Thomas passe à ma proximité, il ne lève pas les yeux, il regarde vers le sol, nuque inclinée. Alors, sans avoir rien prémédité, je m'approche de lui, je pose ma main sur sa nuque, et un baiser sur sa joue. Il se tourne vers moi. Ses lèvres sont agitées d'un horrible tremblement.

*Le 26 août,*

À l'heure dite, celle où ont eu lieu, ces derniers jours, nos rendez-vous avec le vieil homme, nous allons nous asseoir sur le banc devant la maison. Nous l'attendons. Nous faisons cela mécaniquement, sans l'avoir convenu entre nous, sans en avoir parlé. Nous nous asseyons et nous attendons. Le rendez-vous devient un rituel, une nécessité. Nous serions sans doute déçus si nous ne devions pas apercevoir au bout de l'allée sa silhouette recourbée, sa maigreur effrayante, sa mèche folle. Et précisément, le vieil homme est en retard. Il n'arrive pas. Certes, il n'a rien promis, il ne nous doit rien, mais nous ne concevons pas qu'il ne se présente pas à nous. Un instant, j'ai l'idée d'aller à sa rencontre. Mais où le chercher ? Nous ne connaissons pas son adresse, même pas son identité. Nous ne savons rien de lui. Nous ne lui avons posé aucune question : c'est toujours lui qui a la parole. Et soudain, cette ignorance me paraît une sottise et une inélégance. Comment n'avoir pas songé à lui demander son nom ? des renseignements à son sujet, autres que ceux qu'il veut bien nous fournir ? Et comment avoir failli à cette règle élémentaire de savoir-vivre, cette politesse ? Alors que je tourne ces questions dans ma tête, Thomas prend la parole pour y répondre, comme s'il avait suivi le cheminement de ma pensée. Il dit : « Cela fait partie de la magie de cette rencontre. Ne rien dire. Seulement l'écouter. Préserver le mystère. Le secret, puisqu'il y en a un. Accepter de se laisser surprendre, de se laisser conduire. Et ne pas se laisser polluer par les détails, par les choses d'usage. Être dans l'émerveillement de ça, de lui. » Il a à peine achevé sa phrase que le vieillard apparaît au bout de notre route. L'attente retombe, pas la fébrilité. Le vieillard s'assoit à nos côtés. Il regarde en direction de la mer. Il reprend son récit, sans même nous avoir salués.

Juste avant la guerre, les premiers étrangers sont arrivés. Il prétend qu'il ne s'en est pas rendu compte tout d'abord, que, lorsqu'on est en mer, on finit en effet par ne plus percevoir ce qui se passe sur terre. Ce sont les autres qui le lui ont fait remarquer. Ils ont montré du doigt les élégantes anglaises, les mastodontes allemands, les farouches espagnoles. Mais les étrangers, c'étaient aussi tous ceux du continent. Ils lui ont appris que l'île de Ré, elle aussi, cédait à la mode des bains de mer, que la plage attirait des touristes de plus en plus nombreux. Ils lui ont dit que des gens d'ailleurs venaient ici. Alors, il s'est mis à observer et, effectivement, il a vu le flot grossir aux premiers jours de juillet, toute l'Europe et toute la France accourir, les hôtels se construire et se remplir, les baigneurs en maillot rayé marcher sur le sable mouillé, les enfants jouer au cerceau, les dames affirmer que Saint-Martin, c'était décidément bien plus chic que Cabourg et que le climat surtout y était beaucoup plus favorable. Il a compris que son monde allait changer irrémédiablement, que plus rien ne serait pareil. Quand les autorités ont annoncé la mise en service d'un bac, pour permettre une liaison plus facile entre l'île et le continent, en remplacement des bateaux à vapeur, il a compris que l'enfance paisible était terminée, que les étrangers viendraient lui voler son passé pour s'inventer un avenir, que personne ne pourrait stopper l'invasion. Il en a été meurtri, dit-il dans un élan nostalgique. Lui, il pensait que cela durerait toujours, la tranquillité, la vie simple, qu'ils seraient toujours préservés, eux, les gens de l'île. Il estime que ça n'est pas être rétrograde ou frileux de dire cela ; c'est juste un peu égoïste, il veut bien l'admettre.

De la guerre, il ne parle presque pas. Comme s'il ne souhaitait pas réveiller des morts, rouvrir des blessures, comme s'il fallait laisser cette mémoire-là en paix. On comprend cependant qu'une tragédie a été vécue, que des drames ont eu lieu, que des proches ont disparu, un père ? une fiancée ? Il n'en dira pas davantage. On sent que la peur a été quotidienne, une compagne fidèle, qu'elle est encore là dans le raclement de la gorge, dans le trémolo de la voix. Il dit juste qu'il n'a plus vu le bleu du ciel, l'éclat des soleils d'été. Et nous n'arrivons pas à savoir quels exils il a dû endurer, quels éloignements, quels périls il lui a fallu affronter. Il dit qu'il a craint pour sa vie, bien sûr, mais que la guerre, pour lui, avant toute autre chose, ce fut l'absence de l'île, une sensation de manque, d'incomplétude. Aujourd'hui, il va se recueillir sur quelques tombes, au cimetière de Saint-Clément, qu'il continue de fleurir, afin que les morts ne disparaissent pas tout à fait. Il ne veut pas remuer ce passé, les cinq années de l'écrasement, mais il ne veut pas oublier non plus. Quand il marche, nous dit-il, il suit en silence, et sans que personne ne le voie, le cortège de ses disparus. Et puis, lorsque le soir arrive, il longe la plage de la Conche, et il contemple les blockhaus que les Allemands ont laissés derrière eux et qui disparaissent peu à peu sous les dunes. Cette victoire du sable, du temps lui paraît la meilleure réponse à ce qui a été vécu, il y a plus de cinquante années. Il pense que le sable et la mer finissent toujours par gagner parce que, malgré la guerre que la pierre et l'eau se livrent, eux seront encore là quand nous n'y serons plus. Il aime la permanence de la nature, qui le rassure. Il aime l'idée des éléments qui étaient là avant lui et qui lui survivront. Il aime l'idée qu'en dépit de leur vanité, de leurs rêves de grandeur, leur secret espoir de postérité, les hommes seront vaincus. Il rappelle que le sentiment d'invincibilité des soldats allemands s'est évanoui dans la décrépitude et l'ensablement de leurs blockhaus.

Voilà. À nouveau, il a fini. Le vieil homme suspend son récit et reprend sa marche. Je voudrais le retenir un peu mais je sens que Thomas, pourtant muet, me l'interdit. Je le laisse s'éloigner. Je sais déjà que nous nous reverrons demain, que l'histoire continue.

*Le 29 mai,*

Il prétend qu'il reçoit des signes de partout, qu'il est cerné par la maladie, l'impotence, la mort.

L'homme qui occupe la chambre juste après la sienne lui fait, depuis le premier jour, l'effet d'un vieillard. Il ne parvient pratiquement plus à se déplacer. Désormais, c'est une infirmière qui le pousse dans un fauteuil roulant. Ses traits sont abominablement tirés, la peau est grise, détruite, la voix est chevrotante, à certains moments à peine audible. Hier, au hasard des bribes d'une conversation sans importance, l'homme lui a confessé son âge : quarante-huit ans.

La nuit, souvent, au bout du couloir, une vieille femme (mais que veut dire « vieux » dorénavant ?) appelle, sans cesse, sans jamais se lasser, dans un mécanisme de répétition lancinant, au plus profond de son inconscience, un prénom. Elle appelle un homme prénommé Arthur. S'agit-il de son mari ? de son fils ? d'un disparu ? Nul ne le sait. Lorsqu'on l'interroge, elle affirme sans ciller ne connaître aucun Arthur. Nul ne sait non plus si elle ment. Les infirmières ont renoncé à l'interrompre, à la réveiller pour la prier de se taire. Dans la nuit, on entend donc cela, le prénom

Arthur, ponctué de temps à autre d'un « Tu viens ? ». Thomas dit qu'il en est bouleversé.

Un malade, croisé ce matin, lui apprend qu'en l'espace de quelques mois, il a subi, coup sur coup, une greffe du rein et une autre du cœur. Son histoire est presque incroyable : on dirait celle d'un mythomane. Mais comment lui laisser entendre qu'on doute ? Et puis, c'est peut-être vrai. L'homme se prétend revenu d'entre les morts et rit sur sa santé retrouvée. Il ne se déplace que doté d'un pied à perfusion, d'un sac plastique relié à un drain, qui contient un sang très brun, et il lui faut plus d'un quart d'heure pour atteindre le jardin d'hiver, qui se trouve à moins de cent mètres. À écouter son histoire, Thomas a été saisi de vomissements, qu'il a, dans un réflexe, mis sur le compte de son traitement.

Il a pris l'habitude de saluer un malade qu'il rencontre chaque jour depuis plusieurs jours. Ils ne se parlent pas, tous les deux, se contentant de se saluer. Ils ne connaissent même pas leurs prénoms respectifs. Aujourd'hui, l'infirmière lui apprend qu'il a succombé, la nuit dernière, à une hémorragie interne. Une mort foudroyante. Ces morts, vous savez bien, où on ne souffre pas, parce qu'on ne se rend compte de rien, parce qu'on n'en a pas le temps. Thomas pense que, même si on n'a la conscience de sa disparition prochaine que l'espace d'une seconde, d'un dixième de seconde, cette parcelle de temps-là pèse le poids d'une existence entière et suffit pour qu'on soit dévasté, emporté par un désespoir indépassable.

Il me dit qu'il ne supportera plus cela très longtemps.

*Le 30 mai,*

Les visites l'épuisent. Quelquefois, il ne fait même plus l'effort de décrocher le téléphone. De l'homme presque sénile, qui éructe, râle, geint, crache, dans une chambre non loin de la sienne, il dit qu'il déclenche en lui l'envie du meurtre. Je sens monter chez Thomas la fatigue et la colère qui précèdent l'abandon, la résignation.

La scintigraphie s'achève aujourd'hui. Désormais, il ne nous reste qu'à attendre les résultats et à prier un dieu quelconque qu'aucune catastrophe ne nous soit annoncée. Dans les heures de l'attente, je me demande s'il a peur, s'il songe à la mort, à sa mort. Je me demande si c'est véritablement un événement qu'il envisage. Je me demande s'il est saisi d'un vertige parfois, d'un effroi à l'idée que sa vie pourrait s'interrompre brutalement, qu'un raz-de-marée de sang pourrait déferler dans sa boîte crânienne, et tout emporter sur son passage. Conçoit-il une mort rapide, presque inaperçue, l'histoire d'une minute, ou bien une agonie plus longue, une perte lente de lui-même, dont il aurait la pleine conscience ? Éprouve-t-il le regret de la vie qu'il pourrait devoir quitter, le sentiment amer de n'en avoir pas assez « profité », le deuil effrayant de ce qui aurait pu être ? Ou bien se prépare-t-il avec calme, lucidité, exempt de toute nostalgie ? C'est un sujet qu'il n'évoque jamais, qui n'est donc jamais évoqué puisqu'il est le seul qui serait habilité à prendre l'initiative de l'évoquer. Je m'interdis de l'interroger. Ce questionnement demeurera sans réponse.

*Le 1^er^ juin,*

Une certitude enfin, peut-être la première : la rate détruit bien les plaquettes. C'est ce que démontre, sans aucun doute possible, la scintigraphie. Mais ce qui, tout de même, constitue en soi une mauvaise nouvelle nous est annoncé comme une victoire. On voudrait tempérer les ardeurs des médecins, leur rappeler que ce recul de l'ignorance ne résout rien, que la vie d'un homme est toujours en jeu, que c'est cela qui importe, davantage que des explications qu'on trouve. Et on réussit précisément à tempérer ces ardeurs lorsqu'il leur est demandé si le fonctionnement du foie est, quant à lui, normal. Nous avons droit à des réponses évasives, à des circonvolutions, à des regards fuyants, à l'aveu qu'il est nécessaire de se livrer à des explorations complémentaires avant de disposer d'absolues certitudes à ce sujet. Et très vite, les médecins en reviennent à la rate, la rate seulement. Toutefois, avant de programmer une splénectomie, ils veulent épuiser tous les possibles et indiquent que Thomas devra se soumettre à une corticothérapie brève mais intensive, le fameux bolus. De la cortisone à très haute dose pour un baroud d'honneur, histoire de se donner bonne conscience, de se dire qu'on aura tout essayé.

*Le 2 juin,*

Il dit qu'il n'éprouverait pas sensation plus désagréable si on lui injectait du cyanure.

Pendant la perfusion, il s'essaie à dessiner. Je considère le résultat de ses efforts : je contemple des formes monstrueuses. Je m'oblige à croire qu'il n'est sans doute pas aisé de dessiner avec une épicrânienne plantée dans l'avant-bras.

Notre père, qui partage avec nous les instants de la diffusion du poison dans les veines de Thomas, tient ces propos qui déclenchent immédiatement un sentiment d'horreur : « Pourquoi n'est-ce pas plutôt ton frère qui a attrapé cette maladie ? » Nous comprenons qu'il entend vraisemblablement signifier que j'aurais plus facilement que Thomas, peut-être, surmonté cette épreuve, parce que j'ai toujours eu la réputation (à mon sens, usurpée) d'être plus fort que lui, de mieux savoir encaisser les coups. Il n'empêche que cette phrase glace nos sangs tant elle paraît devoir marquer une préférence et dire que la vie de l'un importe moins que celle de l'autre. Je sens Thomas prêt à bondir, à le saisir à la gorge pour l'étrangler. D'un seul regard, je l'immobilise. D'un clignement lent des paupières, je le prie de ne rien dire, de ne rien faire. Il demeure, en suspension dans l'air vicié de la chambre de malade, les propos ignominieux de notre père et, devant nos visages empourprés de colère et de gêne, l'image accablante de son incapacité à ne serait-ce que toucher du doigt cette ignominie.

Dans les couloirs, je croise le professeur qui m'indique que les chances de guérison après une splénectomie sont de deux sur trois. Aussitôt, je fais le compte : à la roulette russe, il faudrait mettre deux balles dans le barillet de Thomas. J'ai hâte que cette journée se termine, vraiment.

*Le 27 août,*

Le vieillard raconte que son existence est jalonnée de cadavres, que ce qui lui est arrivé tout au long des années, c'est seulement cela : perdre des proches. Il ignore pourquoi c'est arrivé, pourquoi ça lui est arrivé, à lui. Il ne croit en aucun diable qui aurait accompli une malédiction, ni en aucun dieu qui lui aurait envoyé des épreuves. Il n'a pas de foi religieuse. Il croit que c'est un hasard s'il s'est entouré de gens que la maladie ou un accident a emportés. Autour de lui, les gens n'ont pas pris le temps de vieillir : ils sont morts en pleine jeunesse, fauchés le plus souvent au plus bel âge. Il en a accompagné certains au seuil de la mort, jusqu'à l'instant ultime où le corps cède enfin. Il n'est resté que lui, il n'est toujours resté que lui. Et aujourd'hui, il est un très vieil homme. Il prétend qu'il est peu d'hommes aussi vieux que lui, comme si le temps tout entier s'était rabattu sur lui, comme si les années volées aux autres lui avaient été redonnées, comme s'il avait dû vivre à leur place leurs existences anéanties. Il dit cela sans en paraître touché, à la manière de celui qui aurait accompli un devoir ou comme s'il n'avait pas à témoigner de son émotion, de sa dévastation.

Et, parce qu'il en revient toujours à la mer, parce que son monde intérieur, désormais, c'est le monde extérieur, il évoque les cadavres que la marée ramène, certains matins, les corps en décomposition qu'on découvre alors que le soleil rase l'océan, les disparus qu'on retrouve en noyés après plusieurs jours, plusieurs semaines parfois. Il dit que la mer sait être cruelle, qu'elle dévore ses enfants les plus aguerris comme les plus inexpérimentés, qu'elle s'empare aussi bien des vieux marins que des enfants distraits, et qu'on n'y peut rien, que c'est comme ça. Cela arrive, c'est tout. Il n'y a rien à faire. Lui s'est toujours défié de l'océan malgré l'amour qu'il lui porte, a toujours su qu'il pourrait être emporté par lui dans un moment d'inattention ou dans un surgissement imprévu de violence.

D'abord, dit-il, ce sont les vagues qui vous ballottent. Puis, ce sont les courants qui vous entraînent loin du bord, qui vous en éloignent. Enfin, c'est la distance à parcourir pour revenir à la terre ferme qui devient trop grande. Alors, c'est trop tard : on ne pourra plus rentrer, malgré les efforts. La panique survient avant la fatigue, la terreur avant l'abandon. On se débat, les bras battent l'air, rebondissent contre l'eau noire, huileuse, les jambes exécutent des mouvements désordonnés, le corps est comme saisi de convulsions. C'est alors que les premières crampes surviennent, généralement. Ou bien c'est un épuisement lent, une énergie qui fuit, s'enfuit. Voilà, c'est presque fini déjà. Il ne reste plus qu'à se laisser engloutir. Bien sûr, on lutte encore un peu. Dans de grandes inspirations et expirations successives désespérées, on tente de repousser l'inévitable. On tousse, on crache, on suffoque. Et l'eau gagne, l'emporte. L'eau l'emporte sur le visage, recouvre de plus en plus fréquemment le visage, jusqu'à causer sa disparition, son engloutissement. L'eau pénètre dans les poumons, les déchire. On ne peut plus s'en sortir. C'est tout à fait impossible. La noyade est survenue. Le nageur est devenu un noyé, le corps un cadavre. À la surface, le calme revient. L'océan s'est rassasié. Il a eu sa victime. Le ciel est d'un bleu éclatant, l'azur rebondit sur l'eau claire.

Le plus souvent, il s'écoule plusieurs jours avant que les marées ramènent les victimes. Et ce sont presque toujours elles qui les ramènent. Les recherches en mer conduites par les garde-côtes ou les battues organisées par les proches sont presque toujours vouées à l'échec. C'est l'océan, encore lui, toujours lui, qui décide quand il relâchera sa proie, quand il restituera son trophée. Et quand il s'exécute enfin, il faut voir la purulence quelquefois, la putréfaction et sentir la puanteur. C'est un spectacle qui n'est pas supportable. On doit détourner le regard, se boucher les narines. L'état de décomposition est parfois si avancé qu'on peine à identifier le cadavre. Les gens de la morgue font un travail de détective, de fourmi, admirable. Il leur faut un détachement absolu sans doute, un cynisme intégral. Sinon, ça n'est pas possible, c'est à se jeter par les fenêtres.

Lorsque la police informe les familles, on assiste à des crises, à des effondrements. On ne sait pas ce qui déclenche l'hystérie, de la douleur de la perte ou de l'abandon de tout espoir. La noyade est la pire mort qui soit, elle frappe comme une injustice. Le vieillard continue de dérouler son monologue d'un même ton monocorde, où ne transparaît presque aucun affect, comme dans les exposés cliniques. Nous l'écoutons et il nous semble être les compagnons des noyés, et, qui sait ? les dépositaires de la mémoire des disparus.

Et voilà qu'il nous quitte à nouveau, voilà qu'il repart sur son chemin, claudiquant lentement. Thomas l'observe minutieusement et très longuement, alors qu'il s'éloigne. Puis il se tourne vers moi et me dit : « Demain, tu verras, le vieil homme reviendra pour la dernière fois. Il reviendra pour terminer son histoire. Après, ce sera fini. Il aura dit ce qu'il avait à nous dire. » Je scrute le regard de mon frère pour tenter de le comprendre, pour tenter d'y déceler d'où lui vient une telle certitude mais c'est une tentative vaine. Thomas, à son tour, s'est levé, il est retourné dans le jardin pour remonter à la maison. Je reste seul, assis sur le banc. Il n'y a pas un souffle de vent sur la mer.

*Le 5 juin,*

Le bolus de cortisone a échoué. Les plaquettes ne sont pas remontées. Je songe à la toxine qu'on a infiltrée dans le corps de Thomas, au venin qui s'est diffusé dans chacune de ses artères, qui a envahi l'organisme, et tout ça pour rien. Je songe qu'on l'a attaqué au moment où il était le plus vulnérable, qu'on lui a asséné des coups, encore un peu plus de coups, en prétextant que cela le guérirait et il n'est pas guéri, seulement diminué davantage encore. Je songe que les médications sont quelquefois plus dévastatrices que le mal lui-même et que nous assistons à un assassinat lent et ordonné. Thomas dit : « Rien ne marchera. À quoi bon ? Ce dérèglement me tuera. » Oui, bien sûr.

*Le 8 juin,*

La splénectomie est fixée à demain. Alors que je déambule dans le couloir, je croise un garçon. Nos regards s'encastrent l'un dans l'autre, ne parviennent pas à se détacher, nous obligent à nous immobiliser. Tout à coup, il se produit cela : nous sommes immobiles, l'un face à l'autre, au milieu d'un couloir d'hôpital, nous sommes dans l'absolue violence des regards encastrés, nous sommes dans l'indépassable impudeur des intimités foudroyantes, inexplicables, nous sommes dans le silence d'une communion improbable. Il faut quelques instants avant qu'une parole soit possible. Et c'est lui qui finit par parler. « Je m'appelle Manuel. » Lucas. Moi, c'est Lucas. D'emblée, j'adore sa jeunesse, l'enfance magnifique du visage. J'aperçois aussi la détresse de l'expression, une sorte de malheur sur lui, qui éveille le désir de le prendre entre ses bras, là, tout de suite, sans réfléchir, de l'enlacer, le serrer contre soi, avec le sentiment d'une urgence. Il a dix-huit ans. Voilà dix ans que je n'ai plus dix-huit ans. Il dit qu'il attend le verdict des médecins, qu'il attend de savoir si, oui ou non, les kystes cancéreux ont réapparu sur son intestin. Il y a six mois, on lui a « ouvert le ventre » pour enlever tous ceux qui pullulaient à l'intérieur de lui. Il lui en reste une balafre gigantesque sur la peau, une blessure rosacée qui zèbre son ventre d'une hanche à l'autre, une trouée monstrueuse qu'il se refuse à montrer. Il dit qu'il ne supportera pas une nouvelle intervention, qu'il s'opposera à tout nouveau charcutage. Je songe à Thomas. Je songe à Thomas et Manuel, l'un avec une infection dans son sang, l'autre avec une bestiole sur ses boyaux. Ils sont des enfants égarés, boitant de concert dans un monde bancal, des infirmes flamboyants, les impossibles rescapés de maladies mortelles, des soldats défaits, des condamnés. Dans quelque temps, aucun des deux ne sera plus là. Je leur survivrai. Je fais glisser le revers de ma main sur la joue de Manuel, comme le ferait un homme qui reste à celui qui part. Il embrasse mes lèvres très doucement et c'est déjà comme un baiser d'adieu.

*Le 9 juin,*

Au petit matin, elles viennent à deux. Elles indiquent à Thomas qu'elles vont devoir le raser, le « préparer » pour l'opération. Les draps du lit volent dans l'air vicié. Avec des gestes rapides, précis, elles le déshabillent. Il est nu, à présent, offert en spectacle. Pendant que l'une d'entre elles s'affaire à ranger la chambre comme s'il ne devait plus jamais y revenir, l'autre étend la mousse à raser sur son torse, son ventre, son pubis. Il dit que c'est froid. Elle, elle semble ne pas l'écouter. Elle se concentre sur la besogne à venir. Soudain, sans prévenir, elle se lance. Je vois la lame passer et repasser, épouser les formes vallonnées du poitrail défoncé, courir sans difficulté de long en large du ventre plat, descendre dans le creux que forment les hanches, où des veines affleurent à la surface de la peau blanche, enlever d'un seul trait la jolie ligne de poils qui fait se rejoindre le nombril et le pubis et que je tiens pour l'endroit le plus sensuel du corps des hommes. Régulièrement, d'un coup sec, elle déleste le rasoir de la mousse usagée et des poils qui y sont accrochés et elle l'agite dans un récipient d'eau chaude. Enfin, elle s'attaque au duvet pubescent. La lame s'accroche, renâcle, hésite, repart, fourrage. Thomas se raidit. C'est qu'on aborde un territoire inviolé et qu'il s'agit de ne pas commettre un geste maladroit. À la fin, il ne reste plus rien, qu'une ombre brune où perle une goutte de sang.

Une heure plus tard, les deux mêmes jeunes femmes reviennent pour chercher Thomas, pour de bon. Elles lui disent que c'est l'heure, comme on le dirait à un condamné à mort, qu'elles doivent l'emmener au bloc opératoire maintenant. Elles lui demandent d'avaler le sucre chloroformé qu'elles ont préparé à son intention.

Il s'exécute. Au moment de partir, une larme roule sur sa joue.

Alors que Thomas se trouve sur la table d'opération, Manuel entre sans s'annoncer dans la chambre de mon frère, où je lis. Sans un mot, il s'engouffre entre mes bras et éclate en sanglots. Très vite, ce sont des larmes lourdes, chaudes, énormes, entrecoupées de hoquets. Je comprends, sans qu'il ait besoin de me l'apprendre, que les résultats de ses examens sont sans appel : tout est revenu, c'est le cancer, à nouveau. C'est l'horreur sans limites. Il n'y a pas de mots contre cette horreur-là. Pas de mots contre la mort certaine. Il dit qu'il va s'enfuir et je ne doute pas que c'est effectivement ce qu'il va faire. Il va s'enfuir et ils ne le retrouveront pas. Je prends tout à coup conscience que c'est toujours la même histoire qui se répète lorsque je lis dans son regard l'épouvante et la détermination que j'ai lues tout à l'heure dans celui de Thomas.

*Le 28 août,*

C'est une journée écrasée de soleil. Le ciel est d'un bleu sans tache, que le regard peut à peine soutenir. On chercherait en vain la trace d'un nuage. C'est la vie au ralenti, c'est le soleil trop fort, c'est la violence inouïe parfois des fins de mois d'août, c'est la chaleur sur tout, sur les corps fatigués, c'est les derniers jours d'une telle violence sans doute, avant que le vent se lève, que les orages éclatent, puis que la grisaille doucereuse de septembre ne prenne le dessus, c'est la mer où les enfants s'ébattent encore une fois avant de repartir vers les villes, c'est les instants qui précèdent un abandon, un au revoir, un départ, c'est sur les visages les couleurs dorées qu'on montrera aux autres, c'est une dernière fois les vêtements légers qui recouvrent à peine des chairs dénudées, c'est la lenteur, c'est une manière de bonheur teinté déjà de nostalgie, de regret. C'est la fin de la saison.

Le vieil homme marche péniblement jusqu'à nous, paraissant souffrir de la chaleur énorme. Lorsqu'il s'assoit à nos côtés, sur ce banc où désormais il a sa place, d'abord, il ne parle pas, cherchant à revenir à lui-même, tentant de se recomposer, haletant comme un enfant qui aurait trop couru ou comme un chien. Il lui faut plusieurs minutes avant d'être enfin capable de prononcer une parole. À l'inverse des autres jours où son regard paraissait se perdre loin devant, dans le vide, dans la mer, où il semblait deviser pour lui-même comme si nous n'étions pas là, il fait le geste de se tourner vers nous, avant que je comprenne qu'en réalité, c'est à Thomas seul qu'il choisit de s'adresser. Le vieillard fixe mon frère, leurs visages se frôlent presque, leur proximité est saisissante, presque indécente. Je n'existe pas. À cette minute, je n'existe pas.

Le vieillard entame son récit. D'emblée, il en revient à ses cadavres, aux disparus qui l'accompagnent, le hantent, il reprend sa phrase là où il l'a laissée hier. Il évoque, comme la veille, l'océan qui tue. Et puis, il se fait plus précis. Il se met à raconter l'histoire d'une jeune femme, à peine plus de vingt ans, une jeune femme assez belle, d'une beauté simple, douce. Il parle de sa longue chevelure, de ses yeux sombres, d'une anatomie fragile, d'un air farouche, craintif. Il parle d'un charme discret, tout le contraire d'une séduction tapageuse, un peu vulgaire, plutôt une joliesse qui mérite qu'on s'y attarde et qui prend dans ses filets, qui retient. Il dit que « c'était une jeune femme que nous n'avions jamais vue par ici avant, pas une étrangère mais une continentale sans doute, en vacances ». On l'a vue arriver au tout début de l'été, dans les premiers jours de juillet, seule. Pourtant, elle n'est pas restée seule longtemps. Rapidement, on l'a aperçue avec un jeune homme. On les a croisés, lui et elle, sur le port d'Ars, enlacés, visiblement épris l'un de l'autre. On n'a pas fait attention à eux plus que ça. Des amoureux dans l'île, c'est une chose courante. Les amours d'été, on sait ce que c'est. On a dû sourire vaguement sur leur passage, d'un sourire qui voulait dire la légèreté, l'acquiescement à leur bonheur, et puis oublier leurs visages aussitôt croisés. C'étaient les visages de tout le monde, un béguin ordinaire. Le vieillard prétend que, lui, il les a observés davantage, il s'est intéressé à leur histoire, à ce couple innocent installé dans la maison familiale des vacances désertée par les parents probablement en villégiature ailleurs. Je me souviens alors que c'est pour nous avouer qu'il nous épiait depuis des jours qu'il s'est adressé à Thomas et à moi, la première fois. Je ne suis donc pas surpris de l'entendre nous confesser avoir exercé son « vice » sur d'autres que nous et l'exercer depuis des années puisqu'il semble bien que l'histoire qu'il a choisi de nous raconter remonte à plusieurs années déjà. Il dit que les jeunes gens formaient un bien beau couple. Le garçon avait des cheveux très courts, des yeux très noirs, une minceur presque féminine, des gestes gracieux, « une lenteur assurée de chat ». Tout de même, il paraissait moins épris d'elle qu'elle de lui. Cela se voyait à des détails infimes : c'est toujours elle qui s'accrochait à son bras, et lui qui, au bout d'un moment, se dégageait de son étreinte ; c'est toujours elle qui sautait à son cou, qui le couvrait de baisers et lui qui marquait une sorte de retrait parfois devant ces effusions ; c'est toujours elle qui parlait, avec un accent un peu scandinave, qui posait les questions et lui qui l'écoutait et se taisait. Elle était vive et il était taciturne mais le sentiment amoureux était bien là, à n'en pas douter, juste un peu déséquilibré. Le vieillard dit que les corps étaient fatigués au réveil, comme après des nuits agitées. La sensualité était là, aussi, évidente. Il dit cela sans que rien n'affecte le timbre de sa voix, la peau striée de sa face ravagée. Il parle sans gêne. Et puis, il rapporte qu'à la fin du mois d'août, c'était un après-midi, une dispute violente a éclaté entre eux. Il se rappelle des cris, des phrases hurlées, des pleurs, des silences, des plaintes, des gémissements, et des cris à nouveau, une porte qu'on claque, une séparation houleuse. Il l'a vue partir, elle, s'enfuir et ne pas revenir ce jour-là. Le jeune homme est demeuré seul. La lumière est restée allumée tard dans la nuit dans la maison de bord de mer. Il a dû l'attendre, espérer qu'elle revienne. Elle n'est pas revenue. Le vieillard dit qu'il ne les a jamais revus ensemble. Pourtant, on lui a rapporté qu'ils auraient été vus, le lendemain de cette dispute, tous les deux sur la plage de la Conche. Lui, il ne peut pas l'affirmer. La seule chose qu'il sait avec certitude, c'est qu'aux premiers jours de septembre, la marée a ramené le corps de la jeune femme, un corps à peine reconnaissable. Il a fallu une enquête de police minutieuse pour seulement déterminer son identité, c'est ce que le journal local a rapporté. Elle n'avait pas été signalée comme disparue. Et puis, elle n'était pas du coin. Une fois que son nom a été connu, on a conclu presque tout de suite à sa mort par noyade : on se noie si souvent par ici. Il s'est dit qu'elle habitait le nord de la France où elle faisait des études, que ses parents, quant à eux, habitaient le Danemark, que c'est là-bas que son corps avait été rapatrié. À sa connaissance, le jeune homme n'a jamais été entendu par les gendarmes, et lui-même n'a jamais parlé de cette histoire à quiconque : à quoi bon ? La jeune femme était morte. « Il y avait sûrement de bonnes raisons pour qu'elle soit morte. Et puis, on ne va pas contre la volonté de l'océan. » C'est cela qu'il dit pour finir. « On ne va pas contre la volonté de l'océan. » Nous entendons cette phrase avec effarement mais nous nous interdisons de parler, de prononcer un seul mot. Il n'y a rien à dire. Le vieillard détourne le regard de la direction de Thomas et s'en revient à la mer, à sa contemplation de la mer. Il se lève enfin. Il reste quelques instants debout, immobile, devant notre banc. Cela dure peut-être une minute, son immobilité. Juste avant de s'éloigner, il se retourne une dernière fois et nous annonce, comme Thomas l'avait prévu, qu'il ne reviendra pas, qu'il ne reviendra plus. Il nous souhaite du courage pour ce qui nous attend. Il a compris que Thomas va mourir, qu'il ne le reverra pas, que c'est fini. Lorsqu'il disparaît tout à fait dans le virage, nous éprouvons la sensation d'une solitude énorme, celle que cause une séparation. Aucun de nous ne parle. Le visage de Thomas est calme, étonnamment calme, apaisé. Le soleil est sur son visage.

*Le 9 juin,*

Pour pénétrer dans la salle des soins intensifs où Thomas a été amené à l'issue de l'opération, il faut enfiler une blouse verte comme en portent les chirurgiens à la télévision, le dimanche soir, et accrocher un masque autour des oreilles pour dissimuler la bouche, le nez. J'ignore à quoi je ressemble dans cet accoutrement. J'ai peur d'effrayer Thomas dans la semiconscience où il végète. Avant de m'approcher de son lit, je regarde autour de moi : je contemple un univers aseptisé, où la guerre microbienne semble avoir été déclarée et j'entends un silence sépulcral comme celui des morgues. On me prie de glisser jusqu'à lui, sans bruit : pourtant, j'ai envie de hurler. Lorsque j'aperçois enfin son visage endormi, j'observe avec stupéfaction que ses traits marquent la fatigue ou plus précisément la vieillesse. C'est ça : le visage a vieilli, s'est creusé, un peu affaissé. C'est celui du vieillard qu'il aurait pu devenir. Et puis, son corps exhale la faiblesse, la fragilité. C'est un corps impuissant, impotent, réduit à un tas de chair et d'os, un amas de viande humaine. Cette impotence-là, elle frappe comme le ferait un enfant caché derrière une porte, qui nous surprendrait au moment où on s'y attend le moins. Je regarde Thomas, tout l'être diminué, anéanti et je pleure. Devant son sommeil artificiel, les larmes viennent, calmes. Elles roulent sur les joues. Je ne songe même pas à les effacer d'un revers de la main. Je comprends que le chagrin doit s'accomplir, que la peine doit se manifester. On me propose de revenir lorsqu'il se sera réveillé. Je dis que je préférerais rester à côté de lui. Je ne ferais pas de bruit. L'infirmière m'informe que c'est contraire au règlement. Puis elle aperçoit les larmes. Alors elle m'indique que je peux rester, si tel est mon désir. Je la remercie. C'est un instant de désespoir absolu.

Je suis là.

Je vois le pansement gigantesque qui barre son ventre, aux rebords imbibés de sang. J'imagine une plaie monstrueuse, une béance, une blessure interminable, inimitable, une lacération. J'imagine la peau mutilée, qui ne sera plus jamais intacte. J'imagine une coupure violacée, des lèvres rouges cousues à la va-vite, des points de suture comme le lacet d'une godasse.

Je vois l'épicrânienne plantée dans son avant-bras gauche, l'indéfinissable contenu de sachets en plastique qu'on lui instille en perfusion, la lenteur entêtante du goutte-à-goutte, un bleu et une boursouflure à l'endroit où le fluide pénètre. J'imagine que c'est cela qui le maintient en vie.

Je vois un sac au fond duquel se dévide un liquide noirâtre, visiblement chargé d'impuretés, le tube qui relie ce sac à sa hanche. Je suppose qu'un drain a été posé, enfoncé dans son flanc, qu'il distille son sang pollué, qu'il évacue les substances insalubres.

Je vois la sonde posée sur sa verge, afin qu'il urine. Je songe à la douleur violente qu'il ressentira lorsqu'il s'agira de retirer tous ces appareillages.

Je vois le tensiomètre qui s'active toutes les trente secondes (et cette régularité pourrait faire sombrer dans la folie, elle donne envie d'arracher les fils), qui assure que la vie ne s'enfuit pas, qu'elle circule encore dans les artères. Je vois le curseur qui mesure l'apathie, l'indigence.

Je préférerais que Thomas soit mort, plutôt que cela, cette infirmité, cet abandon. Je préférerais veiller un mort.

Je m'extirpe quelques instants de la salle des soins intensifs pour prendre l'air, pour revenir à la surface. Je déambule le long du jardin d'hiver quand une des infirmières avec lesquelles j'ai sympathisé m'aborde d'un air lugubre. Elle dit : « Il y a eu un drame, tout à l'heure. Le jeune garçon, celui des kystes cancéreux, je vous ai vu avec lui, eh bien, il s'est donné la mort. Il s'est jeté par une fenêtre. Il a laissé ce mot pour vous, que j'ai trouvé sur sa table de nuit. J'ai pris le mot sans que personne ne s'en aperçoive. Vous déciderez s'il faut le montrer à la police. Vous savez : ils vont faire une enquête, ils en font toujours dans ces cas-là. » Elle ajoute : « Je suis désolée, vraiment. Tellement triste, pour lui, pour vous. C'est un métier difficile, celui que nous faisons. Certains jours, on pourrait rendre son tablier. » Elle prend ma main, la tient longuement, ne voit que mon hébétude, ma stupeur, n'entend que mon mutisme, un silence abyssal. Impossible de prononcer un seul mot. Il me faut plusieurs minutes avant de retourner à la conscience du monde. Je lis les phrases griffonnées, sur une feuille d'écolier pliée en quatre : « Je ne veux pas de l'incertitude et je refuse qu'ils me touchent à nouveau. Je t'ai dit que j'allais partir. Voilà : je pars. Je ne veux pas attendre la mort : c'est moi qui vais la rejoindre. Ne pleure pas. Je sais ce que je fais. Pourquoi ne t'ai-je pas rencontré plus tôt ? Je t'embrasse. » Voilà : un enfant est parti. Un enfant de dix-huit ans s'est défenestré, est allé s'écraser contre le bitume d'un hôpital quatre étages plus bas. On prétend qu'il est mort sur le coup, qu'il n'a pas souffert. Que m'importe qu'il n'ait pas souffert ? Il est mort, c'est tout. Il est mort parce qu'une bête immonde le guettait et que personne ne savait lui dire avec exactitude si elle le dévorerait ou non. Et moi, je n'ai pas compris que, lorsqu'il parlait de partir, il songeait à mourir. Je cherche ma respiration. Je me tiens debout, au beau milieu d'un champ de ruines. J'attends les prochains désastres qui s'avancent.

Lorsque je reviens dans la salle de soins intensifs, Thomas s'est enfin réveillé. Il sourit faiblement devant ma tenue de Martien. Sa voix est presque inaudible, les mots presque incompréhensibles. Tout de même, je retiens cette expression : « l'impression folle de ne plus s'appartenir ». Je fais comme si je n'avais rien entendu. Je ne lui parle pas non plus de Manuel. À mon tour, je souris.

*Le 30 août,*

Il prétend ne s'être rendu compte de rien, tout d'abord. C'est la sensation du sang s'écoulant des veines éclatées dans ses parois nasales, rebondissant contre sa bouche, qui l'a alerté. Il a porté sa main à son visage et constaté les effets d'un saignement : les doigts présentés devant son regard ahuri étaient en effet ensanglantés. Alors, il a aperçu une large tache de sang sur le tee-shirt blanc qu'il portait. Il a compris que l'hémorragie avait commencé à se produire. À cet instant, il s'est souvenu des mots du tout début, de l'expression employée par le médecin dès le premier jour : *le risque hémorragique permanent.* Il a pensé : cela va se passer ici, ici et maintenant. Il a regardé autour de lui, d'abord au plus près : la route sinueuse qui longe la côte, les roses trémières sur le bas-côté, contre une masure abandonnée, la poussière du chemin que soulevait un vent léger. Puis il a porté son attention plus loin, vers l'étrange paysage des marais, il a tenté sans succès d'apercevoir la grève. Alors il s'est retourné vers Saint-Clément et, dans le champ de son regard, il a tout de suite aperçu les deux tours et le phare qui dominent la côte, comme des repères familiers. Il dit que cette vision l'a rassuré, rasséréné. Le sang continuait à couler sur son visage. Il évoque une chaleur, une douceur. Il a cherché calmement et de façon un peu incongrue, il en convient, à se souvenir de la date précise à laquelle cet événement se produisait. 30 août. Il a pensé : ainsi, je serais mort un 30 août. Il ne précise pas s'il a estimé qu'il s'agissait d'un *bon jour* pour mourir. Il a accueilli cette information comme un fait, pas davantage. C'est alors qu'une fillette est venue à sa rencontre. Elle a poussé un cri quand elle a aperçu le sang, un peu épouvantée sans doute. Elle a cru que Thomas avait été agressé, blessé, qu'il avait reçu un coup de poing en pleine face. Elle est allée alerter sa mère immédiatement. Pendant ce temps-là, Thomas s'est accroupi sur le bord du chemin. Il dit qu'il a attendu les secours, qu'il n'était pas certain que ces derniers arriveraient à temps : le sang coulait vraiment à flots, cela n'aurait servi à rien de l'éponger avec un mouchoir ou de basculer la tête en arrière. Il suffisait d'attendre. Et, effectivement, lorsque la mère a accouru, quelques minutes plus tard, l'hémorragie était stoppée, comme par miracle. Elle s'est interrompue aussi brutalement qu'elle est survenue, et sans davantage d'explications. La mère a indiqué que le visage de Thomas lui a paru étonnamment paisible, qu'il y avait du sang séché aux commissures des lèvres.

Il est encore paisible lorsqu'il m'apprend cet événement. C'est qu'il parle d'un autre. Il parle de cet autre qui est lui, qu'il est devenu, un être extérieur pourtant consubstantiel. Le débit est monocorde, lent, il s'est beaucoup ralenti, le signe, peut-être, d'un affaissement général. Je pourrais finir par m'habituer à cette horreur ordinaire, m'accoutumer à cette tragédie familière. Je pourrais à mon tour finir par croire qu'il ne s'agit pas de mon frère, de ma chair, du plus proche, de ce double original et, dans le même mouvement, assumer comme une évidence acceptable qu'il s'agit bien de lui, que c'est ainsi, sans doute possible. Je pourrais, moi aussi, contempler ce corps comme celui d'un étranger et l'étreindre aussitôt pour retrouver tous les repères de l'enfance, un toucher d'éternité. Dans mon expression, je jure qu'on serait incapable de distinguer désormais l'empreinte d'une surprise, de débusquer l'indice d'une épouvante. Le calme de Thomas me rend moi-même paisible.

Après en avoir terminé avec son récit, il s'en va se doucher pour ôter les stigmates du saignement, les traînées sur son visage, sur son torse, pour se sentir propre à nouveau. Et, en effet, lorsqu'il revient dans le jardin, sa peau est claire, ses cheveux ruissellent, des gouttes d'eau tiède rebondissent sur ses épaules, il est vivant. Sans qu'il s'en aperçoive, je file dans la salle de bains et je nettoie derrière lui. Les dernières traces de sang disparaissent en tourbillonnant dans le siphon du bac de douche.

Il dit qu'il veut se rendre à la plage, être dans la solitude de la plage désertée, dans le soleil, contre le sable. Il dit qu'il veut la chaleur sur lui pendant qu'il est encore temps, la peau brune, salée, une fois encore. Il veut l'écume autour de ses chevilles, le regard qui porte loin, les mains sur les hanches. Il dit que ce sont ces détails qui ont le plus d'importance, que la vie est dans les détails, la sienne en tout cas. Alors nous descendons vers la mer et tout se passe comme il l'a prévu : l'eau aux chevilles, la lumière sur lui. Plus tard, nous sommes étendus sur nos serviettes de bain, silencieux. J'entends seulement le bruit des pages d'un livre qu'il tourne à intervalles réguliers, comme une respiration. C'est lorsque le bruit des pages cesse que je comprends que la lecture s'est interrompue. Je me relève pour regarder dans sa direction. Le soleil est derrière lui : je porte ma main en visière. Thomas m'observe. Il dit que cela fait plusieurs minutes qu'il m'observe. Il dit qu'il me trouve beau, qu'il m'a toujours trouvé beau, que cette beauté s'est modifiée, bien sûr, avec les années mais qu'elle est demeurée intègre, qu'elle ne s'est pas perdue. Il dit qu'il a toujours envié cette beauté, qu'il l'a toujours jugée supérieure à la sienne. Il a souvent pensé aux mains des garçons posées sur moi, à la possession, souvent cherché à imaginer cela. Il comprend ces garçons qui m'ont possédé. Lui n'a jamais ressenti ce genre de désir mais il le comprend. Il prétend qu'il le comprend plus exactement que jamais. Il dit qu'il est fier d'être mon frère.

Ce soir, il s'installe au piano et interprète son prélude de Bach. La nuque est raide, le dos est tendu, oui, cette tension est visible et pourtant, il y a une douceur en lui, une douceur qui envahit tout, qui l'irrigue peu à peu, qui l'irradie, qui finit par l'emporter.

*Le 17 juin,*

Chaque jour, depuis trois jours, il s'essaie à marcher, pendant quelques minutes, le buste parallèle au sol, sa pochette de sang à la main. Il a quatre-vingt-dix ans.

Toutes les quatre heures, on continue de lui administrer sous la forme d'une piqûre un calmant qui lui permet de supporter la douleur. Ses cuisses sont striées de petits points violets comme les empreintes sur sa chair d'un peintre pointilliste.

Les poils de son pubis repoussent peu à peu, drus comme ceux d'une brosse à cheveux. Il dit : « Si une femme devait se frotter contre mon sexe ou poser ses mains sur ma peau lacérée, se montrerait-t-elle pleine de tendresse et d'affection pour l'homme revenu de loin ou bien s'enfuirait-t-elle, prise de nausées, submergée par le dégoût ? »

Il dit : « Bien sûr, elle s'enfuirait. Comment faire autrement ? »

À la télévision, il observe avec attention une publicité en noir et blanc pour une marque de caleçons. Je vois bien qu'il n'éprouve aucun désir pour le modèle. Il l'envie : c'est autre chose, qui lui arrache des sanglots.

Il est alimenté uniquement par une perfusion depuis plus d'une semaine. À la pesée, ce matin, l'aiguille s'est arrêtée sur quarante-neuf kilos.

On refuse obstinément de lui communiquer le moindre résultat d'analyses sanguines. Il dit : « Ils ne savent pas encore comment formuler l'aveu de leur échec. »

*Le 19 juin,*

L'infirmière annonce qu'il faudra s'y reprendre à trois reprises, pendant trois jours consécutifs, pour retirer le drain. À part, je l'interroge pour savoir si cette manipulation sera douloureuse. Elle répond que Thomas ne pourra pas s'empêcher de hurler, que tous les patients hurlent, car il s'agit d'ôter de son corps sans aucune anesthésie une sorte de lame de couteau longue de quinze centimètres autour de laquelle les chairs se sont refermées. Elle prétend que c'est une des souffrances les plus difficilement supportables, qu'elle-même a horreur de devoir pratiquer cet exercice. Je songe : rien ne lui sera épargné, vraiment.

Au moment où se pratique le retrait du drain, je choisis de me tenir dans le couloir, dos contre la porte de sa chambre. J'entends les gémissements de mon frère tout d'abord, une plainte lente, étouffée, puis viennent les cris, ceux qu'il ne peut pas empêcher, réprimer, ceux qu'il doit expulser, les protestations, les vociférations, et, à nouveau, pour finir, de longs gémissements et des sanglots. J'imagine une révolte qui s'achève en épuisement. Je pense aux chevaux qu'on abat.

*Le 31 août,*

« Le jeune homme, c'était moi, bien sûr. » Thomas dit cela, cela seulement d'abord. Thomas finit par avouer. Puis il laisse le silence s'installer. Le regard est vitreux, l'expression est absente, le ton est celui, désincarné, d'une confession épuisée, d'un aveu évident. Le jeune homme, c'était lui, bien sûr. Je l'observe, je le scrute sans pouvoir détourner mon attention de lui. Je vois les cheveux courts, les yeux noirs, la minceur adolescente que la maladie lui a redonnée. Je vois celui que le vieillard a décrit dans son récit sans jamais le nommer, celui qu'il connaissait et qu'il n'a pas dénoncé. Je vois l'amoureux d'un été, qu'accompagne une jeune femme légère, désinvolte, joyeuse. J'attends que l'histoire me soit racontée.

Elle s'appelait Annette. Tout à coup, elle possède un prénom, la jeune femme originaire du Danemark, la noyée de Saint-Clément. Tout à coup, elle prend une consistance, une réalité. Elle n'est plus cet être abstrait, inimaginable, inconcevable malgré les indices fournis dans la narration du vieil homme. Elle est là, avec sa beauté simple, saine, trop saine, sa longue chevelure, et cet air de dire sans vraiment le dire à un garçon qui n'attend que ça : « Viens, viens entre mes bras, viens contre moi. » Et le garçon vient contre elle : c'est Thomas, c'est mon frère. L'histoire commence.

Il se souvient qu'ils étaient joyeux, que la joie était dans tout, comme toujours lorsque les histoires commencent. Amoureux, le mot est peut-être un peu fort. Épris l'un de l'autre, oui, contents de s'être trouvés, d'être ensemble. Et puis, curieux du corps de l'autre, épuisés par une sensualité exubérante. Ils faisaient l'amour à tout bout de champ dans la maison vide des parents, cet été-là. Et moi, j'étais autre part, sur un autre continent, en compagnie d'un jeune homme prénommé Jules. J'appelais en PCV, je prétendais que j'étais heureux. Je crois volontiers Thomas : sur ces choses-là, sa mémoire est meilleure que la mienne. Donc ils faisaient l'amour, sans encombrement d'aucune sorte, dans une absolue liberté. Il se souvient de leurs fatigues rieuses.

Tout de même, à un certain moment, il a compris qu'elle tenait en effet davantage à lui qu'il ne tenait à elle. Le vieillard avait bien vu. Il s'est produit presque imperceptiblement une sorte de déséquilibre, comme si sa futilité à lui s'accommodait mal de ses désirs de durer à elle, comme si son goût du jeu à lui était incompatible avec son souhait à elle de construire quelque chose. Lui, il voulait seulement profiter du moment présent, ne pas s'en faire inutilement, quand elle, elle évoquait un avenir, une possible vie à deux au-delà de la frontière du merveilleux été. Au début, il n'a pas voulu prêter une importance excessive à cette infime différence. Mais, avec les jours qui passaient, il a senti que l'écart entre eux se creusait. Il a senti qu'elle attendait de lui plus que ce qu'il était disposé à lui offrir. Cela l'a effrayé un peu, bien sûr, mais il n'a rien osé dire : les garçons sont si lâches et elle faisait si bien l'amour.

En somme, le drame s'est noué sur un malentendu.

Je persiste à scruter Thomas : je vois son manque de courage, sa capacité à mentir, à tromper, à se dérober. Je sais le revers de sa séduction. Je sais tout de lui.

Un jour, elle lui a annoncé que le test en pharmacie était positif. Bien sûr, il faudrait se livrer à des analyses plus fiables mais, *a priori*, le doute n'était pas permis : elle était enceinte. Il dit que son sang s'est glacé. C'est cela qu'il a éprouvé : une sensation de froid dans ses veines, comme s'il gelait. Pas une perte de conscience, pas les jambes qui flageolent, pas le souffle qui vient à manquer ou je ne sais quoi, non : une sensation de froid polaire.

Pour lui, il ne pouvait s'agir que d'un accident, la faute à pas de chance. Tout de même, comment avaient-ils pu se montrer aussi peu précautionneux ? Il bredouillait bien sûr un peu en exprimant cela, mais il y croyait presque à son histoire de malchance. Tout de suite, afin de ne pas écouter ce qu'elle pouvait avoir à lui dire, ce qu'elle ne manquerait pas de lui dire, il a décrété que, bien entendu, il l'accompagnerait, il serait présent à ses côtés pour l'avortement. Et, tout aussitôt, à son seul regard, il a compris que les choses ne seraient pas aussi simples, qu'elles ne se passeraient pas comme ça. Annette a d'emblée averti qu'elle entendait garder l'enfant, qu'en aucun cas elle ne pratiquerait d'avortement. Il s'attendait à quelque chose dans ce genre, il n'a pas été vraiment surpris, juste terrifié, absolument terrifié. Il n'a pas posé la question dont il ne tenait pas à connaître la réponse : l'avait-elle fait exprès ? avait-elle prémédité son coup ? Il n'aurait pas supporté, en sus, de prendre conscience qu'il s'était laissé berner. Il dit qu'il a tenté de la ramener à la raison. Et puis le ton est monté, la passion l'a emporté. Elle a fini par déclarer qu'elle aurait cet enfant, même s'il refusait d'en être le père. Elle a quitté la maison, en larmes. Il y est resté, en transe.

Cela s'est passé très vite, la confession, la consternation, la dispute, la rupture. Sa paternité, il n'a pas eu le temps de s'y habituer : elle a été immédiatement incongrue, invraisemblable, inacceptable. Des enfants, il n'en voulait pas. *A fortiori*, il n'en voulait pas avec elle. Et, dans le même temps, cette paternité est devenue, par sa seule décision à elle, par son seul choix à elle, sans qu'aucune discussion ne soit même envisageable, elle est devenue inopposable, un sort qu'il lui était dénié de conjurer, un piège impossible à déjouer, un truc à rendre fou. Il me prend soudain à témoin : « Comment tu veux te sortir d'un truc pareil ? »

Je songe, d'une façon presque déplacée : aimer les garçons au moins n'expose pas à ce genre de déconvenue. Je ne réponds rien à son interrogation.

Le lendemain, ils se sont revus. C'est elle qui est revenue vers lui. Il semble tenir à cette précision, comme s'il cherchait à s'exonérer par avance d'une inévitable catastrophe. Elle n'avait pas changé d'avis mais elle ressentait la nécessité de discuter avec lui, de le convaincre peut-être. Il a proposé que le sujet soit mis sous silence, pour permettre que la sérénité revienne. Elle a accepté, supposant que c'est du temps qu'il demandait, que c'est de temps dont il avait besoin. Ils ont marché jusqu'à la crique de Saint-Sauveur. Là, il n'y avait personne. Elle a voulu se baigner mais elle ne portait pas de maillot de bain sur elle. Elle est allée se baigner nue. Il se rappelle son joli corps qu'il avait si souvent enlacé, sa peau luisante qu'il avait si souvent embrassée, son sourire quand elle est entrée dans l'eau. Il l'a regardée s'éloigner, assis sur le sable, les bras en croix pliés sur ses genoux remontés contre le menton. Il a bien remarqué au bout d'un moment que, là où elle se trouvait, elle ne pouvait plus avoir pied. Lorsqu'elle a crié son prénom comme on appelle à l'aide, lorsqu'elle a agité ses mains pour qu'il vienne la secourir, il n'a pas bougé tout d'abord, il est resté assis sur le sable, comme victime d'une paralysie ou d'une incompréhension, il n'a pas détourné les yeux. Combien de temps cette paralysie a-t-elle duré ? Il ne saurait le dire avec certitude. Ce dont il est certain c'est que, soudain, sans qu'il soit en mesure d'affirmer où il en a puisé la force nécessaire, il s'est levé et il a couru en direction de l'océan. Il y est entré en hissant ses jambes le plus haut qu'il lui a été possible de le faire mais il prétend que les gerbes d'eau qui jaillissaient contre ses flancs ont considérablement ralenti sa course. Il dit qu'il a fourni des efforts formidables, qui lui ont paru démesurés à l'aune de la courte distance qu'il est finalement parvenu à parcourir. Il dit qu'elle se tenait à vingt mètres de lui, pas plus, lorsqu'elle a disparu de la surface. Il ne sait pas si les secondes de son hésitation initiale lui auraient permis de parcourir cette distance de vingt mètres. Il sait simplement que les cris ont cessé d'un coup, que la surface de l'eau est redevenue paisible, exactement comme le vieillard l'a raconté. Le cadavre d'Annette a été retrouvé à quatre kilomètres de Saint-Sauveur, une semaine plus tard.

Sa voix n'a pas varié pendant le récit. Son visage est demeuré impassible. C'est la voix du vieillard, c'est son visage.

À la fin, il cherche mon regard, paraît guetter mon verdict. Je reste muet. Je n'ai rien à dire. Il n'y a rien à dire.

Enfin, il confesse qu'il lui a fallu vivre avec ça, depuis toutes ces années, avec cette mauvaise mémoire, ce souvenir entêtant, cette sorte de culpabilité. Il dit qu'il ne l'aurait sans doute pas sauvée : vingt mètres, au fond, c'était si loin. Il dit que ça l'arrange de penser ça, bien sûr. C'est son immobilité à l'instant où elle commençait à se noyer qui est coupable, il le reconnaît. Il assure qu'il n'a vraiment pas pu se lever, vraiment, que ses jambes étaient de plomb, que l'immobilité, c'était une forme de stupeur. Il admet qu'il a songé presque tout de suite que sa mort à elle l'arrangeait, qu'elle réglait de façon nette cette irritante question de paternité. Mais il n'a pas souhaité cette mort, il ne l'aurait jamais provoquée. Il cite les mots du vieillard : « Il faut toujours se méfier de l'océan. » Elle aurait dû se méfier aussi.

Et lui, il n'est pas devenu père.

Moi, je repense à d'autres mots, également prononcés par le vieillard : « Il y avait sûrement de bonnes raisons pour qu'elle meure. »

*Le 21 juin,*

Le médecin a convoqué une sorte de conseil de famille et nous comprenons que les nouvelles qu'il a à nous communiquer sont mauvaises. Nous sommes réunis, debout autour du lit de Thomas, formant un cercle autour de lui, visage tourné vers les lèvres du médecin. L'instant est lourd de solennité. Nous attendons de savoir quelle forme va prendre la condamnation qui va inévitablement nous être annoncée. Celle-ci ne tarde pas à venir : « La splénectomie, contre toute attente (*la leur, peut-être, pas la nôtre*), n'a pas produit les résultats escomptés. Votre organisme persiste à détruire vos plaquettes pour une raison que, malheureusement, nous continuons à ignorer (*un peu de compassion dans la confession de sa propre incompétence, vraisemblablement, n'est jamais malvenu*). Et vos plaquettes sont au plus bas, à un niveau dramatique. Sachez que nous poursuivons nos investigations et que nous avons la ferme intention de nous battre ; toutefois, nous ne pouvons pas prévoir l'issue de ce combat (*pourquoi ne pas confesser qu'il est perdu ?*), et le temps qui nous sera nécessaire. Aujourd'hui, nous avons de bonnes raisons de croire que le foie est en cause (*et c'est ce que nous pouvions redouter de pire*). Comme vous le savez sans doute, le foie est un organe délicat, qu'il faut manipuler avec précaution. C'est un organe dont on ne peut pas pratiquer l'ablation. Alors nous réfléchissons à des traitements alternatifs (*mais comment sauver un incurable ?*). Je vous en dirai davantage dès que nous connaîtrons les résultats des différents examens que j'ai ordonnés. » C'est un véritable discours qu'il a prononcé, sans notes, sans émotion. L'homme est un professionnel. Il connaît son métier. Même le ton grave, la voix traînante, les pauses entre certaines phrases, la gorge sèche, on devine que cela fait partie du numéro. Nous pourrions applaudir si nous n'étions pas anéantis. Nous comprenons tous, sans qu'on ait besoin de nous le dire explicitement, que Thomas est fichu. Notre mère elle-même ne s'y trompe pas, qui fléchit sur ses jambes et s'évanouit. En tombant, sa pauvre vieille tête vient heurter le rebord du lit. Il faut l'évacuer. Nous restons seuls, Thomas et moi, dans la chambre désertée. Nous ne disons pas un mot. Le silence pèse des tonnes. Cette fois, c'est indubitable : la mort est sur lui. Elle ne le lâchera plus.

J'allais oublier : c'est l'été aujourd'hui.
Le dernier.

*Le 23 juin,*

Le traitement aux immunoglobulines a été repris. C'est l'unique moyen qu'ils ont trouvé pour le maintenir en vie. Sur leurs visages, on lit la consternation et l'impuissance, car devant leurs visages, il y a un jeune homme qui souffre, qui agonise, perclus de perfusions, raccroché à la vie par des fils, des tubulures, des flacons, un jeune homme à la maigreur saisissante, qui ne se déplace que soutenu par deux infirmières, qu'on nettoie avec un gant de toilette en le manipulant sur un lit de torture. Ils devront bien finir par admettre qu'il ne s'en sortira pas.

*Le 28 juin,*

Les apparences sont presque sauves. Voilà qu'il peut s'alimenter à nouveau, marcher sans être accompagné, se raser, être propre, se tenir plusieurs heures assis sur les bancs du jardin d'hiver. N'était le pied de perfusion qu'il doit trimballer sans arrêt avec lui, on ne remarquerait rien d'anormal. L'émaciation, peut-être. Mais si on soulevait sa chemise, on ne pourrait pas ne pas être frappé d'effroi par la cicatrice enfin dévoilée, une plaie dégoûtante qui donne envie de vomir ou de s'enfuir. Et si on interrogeait les médecins, on saurait à leurs regards fuyants, à leurs réponses évasives que le pire, à l'évidence, reste à venir.

*Le 1er septembre,*

Thomas n'est plus là.

Thomas, sans doute, ne sera plus là.

Ce matin, au réveil, je l'ai appelé dans la maison, j'ai appelé son prénom plusieurs fois. J'ai surpris un rai de lumière jaune dans la cuisine, l'envolée d'un rideau soulevé par le vent du dehors, aperçu une tasse de café vide sur une étagère, un mégot de cigarette dans un cendrier. J'ai marché pieds nus sur le carrelage chaud, passé la tête par les portes de toutes les pièces, j'ai attendu assis dans une des chaises en fer-blanc du jardin, écouté au loin le calme de Saint-Clément qui retrouve peu à peu le repos avec le départ des vacanciers. Je suis revenu à l'intérieur de la maison ouverte, je suis retourné dans sa chambre où le lit est défait, je n'ai trouvé aucune trace de lui, mais je n'ai pas trouvé non plus de trace d'une fuite, d'une urgence. Je n'ai pas pensé qu'il avait pu arriver quelque chose. Je me suis installé dans la cuisine, j'ai fait chauffer du café, il y avait toujours le rai de lumière jaune, ça rebondissait contre la vaisselle. Il s'est au moins écoulé une heure avant que je consente à chercher un indice, le signe d'un événement qui serait survenu. Mais il n'y a rien, je l'assure, pas le moindre message, pas la moindre empreinte. Juste son absence. C'est le soir maintenant et Thomas n'est toujours pas revenu. Le soleil a disparu derrière les arbres, j'ai rentré les chaises en fer-blanc sous la tonnelle car on annonce de la pluie pour cette nuit, j'ai refermé les portes-fenêtres car le vent s'est levé et la soirée s'annonce fraîche. Il n'a pas appelé. Il n'appellera pas. Il ne rentrera pas.

*Le 2 septembre,*

Je me rappelle sa fable absurde au sujet du châtiment, d'une faute qu'il conviendrait d'expier, d'une peine qu'il lui faudrait purger, cette idée folle que sa maladie constituait à certains égards un rappel à l'ordre, une manière de condamnation. Je songe aussi à la séquence de ces derniers jours, à l'enchaînement des circonstances et des accidents qui a précédé sa disparition. Je songe qu'il pourrait avoir décidé de trouver une logique dans tout cela et cette seule pensée me fait frémir autant qu'elle me paraît raisonnable.

*Le 3 septembre,*

J'ai alerté la police, ce matin. Finalement, je me suis résigné à le faire. On n'a pas hésité, bien sûr, à me reprocher ma lenteur, mes supposés atermoiements. On m'a posé des dizaines de questions dont aucune n'avait un sens, dont aucune ne s'approchait de la seule vérité que nous avons à connaître : Thomas a disparu parce qu'il l'a choisi. Thomas va mourir, est peut-être déjà mort parce que la mort l'a rattrapé après lui avoir couru après pendant des mois.

Ceci encore : les gendarmes ont laissé entendre, au cours de l'interrogatoire, que je pourrais avoir supprimé mon frère. Je n'ai rien répondu à leurs affreuses insinuations. Je n'ai pas pris la peine de répondre. Je ne leur ai rien dit de l'amour de deux frères, de ce lien pur, dévastateur, où nul autre n'a sa place, à nul autre pareil, de cette intimité sur laquelle aucune enchère n'est possible, où le désir et la sensualité ont leur place parce qu'on connaît l'autre aussi bien que soi-même. Je n'ai rien dit de tout cela : qu'y auraient-ils compris ?

Assassiner son frère, serait-ce autre chose qu'un suicide ?

*Le 1er juillet,*

« Il n'y aura pas de miracle. Et d'ailleurs, je n'en attends pas. Je suis prêt pour ce qui va arriver. » Thomas détache les phrases, qui résonnent dans le silence de la chambre blanche.

Il dit qu'on ne peut pas être un incurable, s'accepter en incurable. Qu'il faut refuser ces faux-semblants, cet entre-deux, ce territoire d'incertitude où la raison se perd. Refuser de s'en remettre aux autres, aux médecins et de n'avoir pour perspective que des nuits d'hôpital, des traitements interminables, la protection dérisoire d'une bulle de science. Refuser les frayeurs récurrentes, les espérances fugaces aussitôt anéanties, une existence misérable, légumière. Refuser les souffrances potentielles, les mutilations à venir, les défaites successives de l'organisme, la désincarnation.

Il sait qu'il ne guérira pas. En réalité, il le sait depuis le tout premier jour, depuis la toute première heure passée dans la froideur aseptisée du laboratoire d'analyses médicales, c'est un savoir faramineux et, désormais, il n'entend plus se soumettre à un acharnement thérapeutique insensé, il ne peut plus se résoudre à un balancement perpétuel entre l'hypothèse d'une guérison et celle d'une damnation.

Il dit : on est vivant ou on est mort.

Il n'y a que cela.

Il n'y a pas à sortir de cela, cette équation simple, effrayante de simplicité, cette vérité scientifique. Il ne croit en aucun dieu qui sauverait son corps ou assurerait le salut de son âme.

Et puisque sa vie lui échappe et qu'il se refuse à tenter de la conserver artificiellement, coûte que coûte, tout en n'étant jamais à l'abri de la voir filer sans être en mesure de s'y opposer, il consent à mourir. Thomas accepte de mourir. Cette comédie dure depuis trop longtemps. Il s'agit d'en terminer maintenant.

Le médecin manifeste son courroux, expose son désaccord de manière spectaculaire puisque tout est spectacle, croyant vraisemblablement qu'une manifestation d'autorité est de nature à impressionner mon frère et à le faire revenir sur la décision qu'il vient de lui faire connaître. Thomas oppose son mutisme, l'assurance de celui qui a fait un choix, qui n'en déviera plus, peu importe qu'il ait tort ou raison. Il a la légèreté des condamnés, l'insouciance de ceux qui se sont débarrassés du plus petit espoir, l'ironie triomphante de ceux qui n'ont plus rien à attendre, plus personne à qui obéir, plus aucune obligation à laquelle se plier. Je crois qu'il sourit quand le médecin éructe, quand il égrène tour à tour les menaces, les appels à la raison, les bons sentiments, les fausses espérances, les vraies illusions. Thomas est ailleurs, où rien ne peut l'atteindre.

Nos parents témoignent leur incompréhension douloureuse. Je les vois écorchés, je les vois qui saignent.

L'enfer les attend. À l'évidence, notre mère pense à Clément, au premier enfant décédé. Elle pense qu'elle n'échappera pas à la malédiction, à la fatalité qui l'écrabouille. Elle renonce sans un cri. Elle est déjà morte. Notre père se tient à ses côtés, il sera à ses côtés jusqu'au bout, comment pourraient-ils faire autrement ? Notre famille disparaît dans un naufrage mais nos parents, contre toute attente, demeureront unis jusqu'à l'engloutissement.

Thomas exprime le désir de se rendre dans la maison de Saint-Clément. Il me demande de l'accompagner, de rester auprès de lui jusqu'à la fin.

À l'hôpital, il se livre à une véritable tournée d'adieux, comme s'il abandonnait son domicile, sa ville et ses amis les plus proches. Il aimerait sans doute conférer un peu de panache à sa sortie mais les visages qui lui répondent sont ceux de gens qui regardent un homme partir vers la mort, qui ne peuvent regarder rien d'autre que cela. Cette façon de prendre congé est un peu pathétique, un peu déchirante. Il tente de s'en tirer par une pirouette : « Avec autant de trous dans les bras, si les flics m'arrêtent, ils me prendront pour un camé. » Personne n'a le cœur à sourire. Seul Manuel, là où il se trouve, doit bien rigoler.

Lorsqu'il franchit le porche, lorsqu'il se retrouve enfin dans la rue, dans l'air chaud et pollué de la rue pour la première fois depuis des mois, Thomas emploie le mot, le beau mot triste de *délivrance*.

*Le 4 septembre,*

Son absence. Comment exprimer cela : son absence ? Comment faire comprendre la maison vide, disproportionnée, effrayante de silence ? Comment accepter sa défection à lui, son éclipse ? Comment supporter l'insupportable béance et le manque affreux de lui ? Comment continuer avec la privation de lui, le défaut de lui ?

Dans les lieux de l'enfance désormais saccagée, je marche sans du tout appréhender la dimension des pièces. Parfois, je me cogne aux murs ou je fais tomber des objets. C'est le choc ou le bruit qui me ramène dans le réel.

Je demeure, des heures durant, planté devant les rideaux de lin que le vent qui vient du jardin imprime contre mon corps immobile, devant le soleil blanc dont je ne ressens pas la chaleur.

Au-dehors, je regarde la mer sans plus la voir. Serais-je devenu un vrai insulaire, pour finir ? Faut-il voir les siens disparaître pour appartenir au monde des habitants de l'île, qu'un seul et même deuil semble réunir ?

Aux questions que les gendarmes continuent de me poser comme si les questions avaient encore un sens, comme si les explications pouvaient être admises, je réponds au hasard.

Il y a ceci encore : je ne me souviens pas de mes gestes. Je ne saurais dire avec certitude ce que j'ai fait hier, il y a deux heures, il y a dix minutes. Je pourrais mentir sans m'en rendre compte. Je perds les choses, leur mémoire, leur substance.

J'atteins à une sorte d'inconsistance. Je deviens moi-même le vide, la vacuité, la vacance. Je deviens sa non-présence. Son absence.

*Le 7 septembre,*

On n'est pas préparé à la perte, à la disparition d'un proche. Il n'y a pas d'apprentissage de cela. On ne sait pas acquérir l'habitude de la mort. La mort de l'autre nous prend forcément par surprise, elle est un événement qui nous désarme, qui nous laisse désemparé, y compris lorsqu'elle est prévisible, le plus prévisible des événements. Elle est une occurrence absolument certaine et cependant pratiquement inconcevable, et qui nous précipite dans une étrange hébétude.

On sait la nommer, parler d'elle et lorsqu'elle est là, lorsqu'elle survient, lorsqu'elle fauche un proche, lorsqu'elle s'empare d'un ami, d'un frère, on est dans la détresse intégrale, dans l'ignorance de ce qu'il faut faire, dire, on est sonné comme un boxeur qui a vu le coup arriver et qui est pourtant surpris par sa violence, qui vacille sur ses jambes avant de s'écrouler sans pouvoir s'y opposer. La chute, on ne peut pas l'empêcher.

La douleur, elle frappe là où ne s'y attend pas, quand on ne s'y attend pas. Elle est pure comme peuvent l'être certains diamants, elle est sans tache, éclatante. On est seul avec cette pureté-là, cette blancheur insoutenable de la douleur. On détourne le visage, on ferme les yeux, les larmes viennent dans le silence, même quand, autour de soi, règne le plus grand désordre.

On est dans l'isolement de la douleur reçue, dans le mutisme obligatoire des larmes personnelles.

Et si on ne dit rien, c'est parce qu'on ne sait rien dire, on ne sait pas parler de ça, la mort.

Parfois, quand même, on finit par parler, on utilise des termes cliniques, des expressions de médecin, ou on relate des faits précis, comme dans un procès-verbal de gendarmerie, on précise des heures, des lieux, des circonstances, on fait cela mécaniquement, parce que parler, c'est toujours mieux que rien, mieux que ne rien dire, demeurer dans le rien-dire, on fait cela pour se divertir de la douleur, pour l'oublier un moment, pour s'en éloigner un peu, pour la tenir à distance, mais parler de la mort, ce n'est pas dire la mort.

Dire la mort, c'est une chose impossible. Dire ce que c'est, ce qu'on ressent, ce qui arrive, ce à quoi on est en proie, on ne sait pas. Il ne faudrait même pas essayer. C'est une tentative vouée à l'échec, une illusion tragique.

La mort est ce qu'il y a de plus probable, de plus inévitable et c'est cependant la chose la moins facile à recevoir, à admettre. Je me demande si ma propre mort, elle n'aurait pas été, à certains égards, moins surprenante que celle de Thomas.

*Le 8 septembre,*

La marée a ramené son cadavre, aux premières heures de la matinée. On l'a retrouvé sur la plage de Saint-Sauveur, à l'endroit exact où la jeune femme du Danemark s'était elle-même laissé emporter par la houle, par le courant, par son inconscience, par son excessive confiance en elle. Ou par son désespoir.

Le vieillard, décidément, aura eu raison sur toute la ligne : les employés de la morgue accomplissent un travail remarquable. Ils ont délesté la dépouille mortelle des algues, des attaques des poissons charognards, du sel, de la pourriture. Ils m'ont montré un corps très propre, très blanc, presque intact.

Un corps très maigre aussi, où j'ai aperçu la balafre, la blessure fatale.

Les yeux étaient révulsés mais lorsque les hommes aux gestes silencieux et assurés ont refermé les paupières, l'expression des traits s'est faite extraordinairement douce. J'ai vu Thomas dans le sommeil. Je l'ai vu calme, tranquille.

J'ai approché mon visage au plus près du sien. Le souffle chaud de mon haleine a glissé sur sa rigidité de cadavre. Mes lèvres ont embrassé sa joue. Sa peau s'est fissurée sous mon baiser.

## "Triangle amoureux"

***En l'absence des hommes***
Philippe Besson

Au cœur de l'été 1916, alors que la Grande Guerre fait rage et apporte son lot de corps meurtris, Vincent de l'Étoile fréquente les salons parisiens. Ce jeune éphèbe à la silhouette gracile se laisse dorloter par les femmes, bouleverse et séduit. Un homme succombe à son charme : il se nomme Marcel Proust. Les rendez-vous feutrés et les entrevues délicates se multiplient tandis que l'appel de la chair de Vincent est assouvi dans les bras d'Arthur, jeune soldat en permission. Mais le flot de la guerre va prendre un malin plaisir à défaire ce trio si parfait…

***(Pocket n°11522)***

# "Amour impossible"

## *La terre promise, pas encore*

Michaël Sebban

Un juif français, professeur de philosophie et surfeur, quitte Paris pour Israël. Ébahi par la beauté de Jérusalem, il sait néanmoins qu'il ne pourra rester dans cette ville déchirée par la violence. Décrivant la société israélienne, le jeune homme nous livre le portrait d'un univers fascinant et dangereux. De la première à la dernière ligne, il dénonce avec humour le tragique de la situation dans cette région du monde.

***(Pocket n°11930)***

*Achevé d'imprimer sur les presses de*

**BUSSIÈRE**

GROUPE CPI

*à Saint-Amand-Montrond (Cher)*
*en décembre 2003*

POCKET - 12, avenue d'Italie - 75627 Paris Cedex 13
Tél. : 01-44-16-05-00

— N° d'imp. : 37568. —
Dépôt légal : janvier 2004.

*Imprimé en France*